모든 삶은 서툴다

편역 **이문필**

오클라호마(Oklahoma) 주립대 대학원을 졸업하였고, 주한미군 한국어 초빙강사, 한국외국어학원 강사를 역임하였다. 현재 Guess어학연구소 소장이다. 저서로는 『Good Morning 표현 영어』, 『영문법 출제공식 307』, 『미국식 구어 영어회화 5000』, 『프리토킹에 자신감을 주는 토론 영어』, 『오바마 베스트 연설문』, 『스피킹에 강해지는 프리토킹 영어』 외 다수가 있다.

모든 삶은 서툴다

초판 1쇄 인쇄 2018년 10월 25일
초판 1쇄 발행 2018년 10월 31일

편역 이문필
펴낸이 고정호
펴낸곳 베이직북스

주소 서울시 마포구 양화로 156, 1508호(동교동 LG팰리스)
전화 02) 2678-0455
팩스 02) 2678-0454
이메일 basicbooks1@hanmail.net
홈페이지 www.basicbooks.co.kr

출판등록 제 2007-000241호
I S B N 979-11-6340-006-6   03890

* 가격은 뒤표지에 있습니다.
* 잘못된 책이나 파본은 교환하여 드립니다.

모든

삶은

서툴다

이문필 편역

베이직북스

prologue

삶이 버겁고 고달픈 이에게
위안과 깨달음을 주는 「치유 에세이」

일상생활에서 우리는 지극히 사소한 순간이나 아주 중요한 순간에도 수많은 생각과 마주치게 되는데 이러한 과정에서 사유의 방법이나 종류가 곧 생활철학이 되는 것과 마찬가지로 학문을 배우는 과정, 혹은 삶의 갈림길에서 마주치게 되는 것이 철학인 셈입니다.

사람들은 인생의 깨달음을 얻고자 '철학의 바다'로 뛰어든다고 합니다. 한 방울의 빗물이 모여 강이 되고 바다를 이루듯 세기를 대표하는 지성인들의 말들이 가슴에 쌓여 지혜가 만들어지기도 합니다. 좋은 책 한 권이 우리의 삶의 방향과 마음을 촉촉이 적셔준다면 아름다운 글귀 한 구절은 우리의 마음을 따스하게 감싸줄 것입니다.

이 책을 통해서 삶이 너무나 힘들고 고달프다고 느껴질 때, '심금을 울려주는 영원불변의 진리'도 만나게 될 것입니다. 무엇 하나 자신의 힘으로는 해결할 수 없다고 느껴질 때, '깨달음의 열쇠'를 책 곳곳에서 만나게 될 것입니다. 삶의 현장에서 겪는 처절한 몸부림 속에서 피어나는 '진솔한 향기'도 만끽하게 될 것이고, 각자의 삶에 주어진 숙명이나 문제점을 하나하나 해결할 수 있는 정신적 성숙함을 얻게 될 것입니다.

또한 '삶의 길 찾기'를 위해 몸부림치는 독자들에게 세기를 대표하는 지성인들이 남긴 감동적인 이야기와 애정 어린 조언들은 진정한 삶의 가치와 의미를 깨달을 수 있는 기회가 될 것입니다. '치유 에세이'라는 이름으로 독자에게 다가가 '생각하는 힘이나 방법'이 얼마나 소중한가를 느낄 수 있는 계기가 되었으면 하는 바람입니다.

가을 바람이 소슬히 부는 저녁 어느날 엮은이가

Contents

3장 독일

France

1장

프랑스

에밀 졸라

Émile François Zola

대장장이

대장장이는 그 마을에서 가장 덩치가 큰 사람이었다. 그는 새까맣게 그을린 얼굴에 검은 머리가 덥수룩했고, 우렁찬 목소리에 웃음소리는 매우 호탕했다. 하지만 뭐니 뭐니 해도 그의 가장 큰 매력은 어린아이처럼 천진난만하게 빛나는 파란 눈이었다.

오랫동안 대장간에서 일을 하느라 생긴 그의 탄탄한 근육을 보면 그가 벌써 쉰 살을 넘겼다는 사실을 믿기 어려울 정도였다. 그는 '아가씨'라 불리는 45킬로그램이나 되는 쇠망치를 가뿐히 들어 올린다. 그 커다란 쇠망치를 휘두르며 쉬지 않고 마을을 몇 바퀴나 돌 정도로 힘이 넘쳤다.

나는 운 좋게도 1년 동안이나 이 대장장이와 함께 살았다. 그때 나는 병에 걸려서 요양을 해야 할 처지였다. 몸과 마음이 다 망가진 상태에서 아무런 목적도 없이 쉴 곳을 찾아다니고 있었다. 어느 날, 해가 지고 날이 저물 무렵에 길을 잃고 헤매다가 우연히 그 마을로 들어서게 되었다.

나는 사거리에 처량하게 걸터앉아 잠시 쉬고 있었다. 저 멀리 불꽃이 활활 타오르고 있는 대장간이 보였다. 대장간 불꽃 때문에 거리가 온통 햇불처럼 밝게 빛났다. 대장간에서 쇠망치를 두드리는 소리가 마치 쇠로 만든 기마병들이 적진을 향해 달려 나가는 것처럼 웅장하게 들렸다. 어느새 나는 대장간 앞으로 걸어가고 있었다. 눈을 뜰 수 없을 정도로 강렬한 불꽃이 일고 귀청이 떨어져나갈 것만 같은 소리가 울리는 곳에서 발걸음을 멈추었다. 그곳에서 나는 빨갛게 달아오른 굵은 쇠를 구부리고 있는 대장장이를 보았다.

그날 나는 생전 처음으로 대장장이가 일하는 모습을 보았다. 대장장이는 잠시도 멈추지 않고 쇠망치를 휘둘렀고 민첩한 그의 몸놀림에 아가씨는 계속 원을 그리며 돌아갔다. 아가씨가 모루(대장간에서 불린 쇠를 올려놓고 두드릴 때 받침으로 쓰는 쇳덩이)에 떨어질 때마다 쟁기가 하나씩 만들어졌다. 열심히 일하는 그의 탄탄한 근육과 철근 같은 갈비뼈가 돋보였다. 쇳덩이처럼 붉게 달아오른 대장장이의 몸에서

땀이 비 오듯 쏟아졌다. 그래도 그는 손에서 망치를 내려놓
지 않았다. 한참이 지나고 사방이 조용해졌다. 대장장이의
거친 숨소리가 더 크게 들렸다.

스무 살쯤 되는 대장장이의 아들도 그와 함께 일하고 있
었다. 아들은 빨갛게 달아오른 쇳덩이를 꺼내 두드렸다.

탕! 탕! 탕! 탕!

그날 저녁 나는 대장간의 다락방에 짐을 풀었다. 다음
날 새벽 5시, 동이 트기도 전에 집안이 떠나가라 울리는 굉
음에 나는 눈을 떴다. 다락방 아래에서는 쇠망치가 벌써 춤
을 추고 있었다. 나는 하는 수 없이 침대에서 몸을 일으켜
아래층으로 내려갔다. 아래층에는 벌써 불이 빨갛게 달아
올라 있었고, 풀무(불을 피울 때 바람을 일으키는 도구)도 반짝거
렸다. 마치 별이 반짝이는 것처럼 파랗고 빨간 불꽃이 솟아
올랐다.

대장장이는 쇳덩이를 옮기고 나서 이미 만들어 놓은 쟁
기에 흠집은 없는지 자세히 들여다보고 있었다. 그는 나를
보더니 입이 귀에 걸릴 정도로 크게 웃었다. 하지만 나는 대
장장이가 내 단잠을 깨우려고 일부러 새벽부터 망치질을
한 게 아닌가 하는 생각에 기분이 좀 뒤틀려 있는 상태였다.
그는 아버지가 아들에게 하는 것처럼 몸을 숙여 내 어깨에

손을 올려놓고 말했다.

"여기 고철 더미 속에서 생활하다 보면 아마 몸이 더 빨리 회복될 거예요."

나는 낮 동안 거의 대장간 안에서 지냈고, 추운 겨울이나 비오는 날에는 온종일 대장간 안에만 있었다. 나는 육체노동의 매력에 푹 빠져버렸다. 대장장이는 쇳덩이를 마음대로 주물렀다. 모루 위에 놓인 쇳덩어리는 대장장이의 손끝에서 부드러운 초처럼 녹아내렸다. 나는 그의 노련함에 감동해 매번 탄성을 지르며 찬사를 보냈다.

하나, 둘 쟁기가 만들어지면 나는 쟁기 앞에 쭈그리고 앉아 자세히 들여다봤다. 쟁기가 되기 이전의 흉측한 고철 모양은 생각조차 나지 않았다. 쟁기가 불의 힘을 전혀 빌리지 않고 그저 대장장이의 손힘만으로 만들어진 것 같다는 착각이 들 정도로 대장장이의 솜씨는 대단한 것이었다.

나는 대장장이가 엄살을 피우는 것을 한 번도 본 적이 없다. 그는 하루에 14시간씩이나 일하면서도 늘 얼굴에 웃음이 가득했다. 그는 즐거운 마음으로 다시 팔을 움직였다. 그는 피로를 몰랐다. 아마 집이 무너지는 일이 생기더라도 그는 한 손으로 거뜬히 집을 떠받칠 수 있을 것이었다.

대장장이는 말이 많은 편은 아니었지만 근처의 농토가

모두 자기 것이나 마찬가지라면서 늘 자랑했다. 그의 대장
간에서 만든 쟁기가 이 일대에서 쓰인 지가 벌써 200년이
훨씬 넘었다는 사실은 대장장이에게 대단한 자부심이었다.
만약 그가 없었다면 저렇게 많은 곡식이 어떻게 자랐을까?
들판은 5월에는 푸른빛으로, 7월에는 황금빛으로 물든다.
대장장이가 만든 쟁기가 이렇게 비단에 수를 놓은 것 같은
아름다운 들판을 만들었으니까 당연히 대장장이의 공도 꽤
크다고 할 수 있다.

여름에는 대장간 문을 늘 열어놓으니까 풀꽃 향기가 바
람에 실려와 무척이나 상쾌했다. 게다가 석양이 질 때 문 앞
에 나가면 광활한 계곡을 훨훨 날아다니는 새들도 볼 수 있
었고, 채소밭이 끝없이 펼쳐진 멋진 풍경도 감상할 수 있었
다. 그래서 더욱 행복해지곤 했다.

대장장이는 자식을 사랑하듯 농작물을 사랑했다. 예컨
대 햇살이 좋은 날에는 어린아이처럼 신나 했고, 구름이 잔
뜩 낀 날에는 아쉬움에 눈물을 흘릴 정도였다. 그는 저 멀리
자신의 등보다도 작아 보이는 토지를 가리키며 언젠가는
그 귀리 밭을 가꿀 쟁기를 꼭 만들겠다고 나에게 말했다.

농번기가 되면 가끔 대장장이도 쇠망치를 내려놓고 대
장간 밖으로 나가, 손으로 햇볕을 가리고 들판 여기저기를

둘러본다. 나는 그가 만든 수많은 쟁기로 논밭을 일구는 것을 본다. 쟁기를 매단 소는 마치 천군만마를 등에 업은 장군처럼 앞으로 앞으로 나아가며 밭을 일군다. 햇빛 속에서 쟁기는 은빛으로 반짝이고 대장장이는 나에게 손을 흔든다. 나는 그가 만든 쟁기가 얼마나 신성한 노동을 하고 있는지 실감한다. 그 신성한 노동의 현장을 바라보며 나는 무한한 행복을 느꼈다.

나는 대장간의 소란스러움이 좋다. 나는 쇠망치가 모루를 두드리는 소리가 좋다. 그 소리를 들으며 나는 인생의 참맛을 느낀다. 풀무의 우렁찬 소리가 방 안에 울려 퍼진다. 내몸과 마음도 차츰 회복되어 간다. 다락방 아래에 있는 것은 모두가 땡그랑 땡그랑 소리를 내는 철재 물건들이다. 그러니 내 몸 안에는 자연스럽게 철분이 쌓일 것이다. 이 철분은 약국에서 파는 약보다 더 효과적으로 내 병을 치료해 준다.

탕! 탕! 탕! 탕!

쇠망치 소리는 나에게 유쾌한 시계추 소리가 된다. 대장간이 조용해지면 내 머릿속도 조용해진다. 나는 아래층으로 내려와 대장장이를 바라보면서 내가 하는 일이 얼마나 하찮은 일인지 새삼 부끄러워진다.

태양이 작열하는 오후가 되면 대장장이의 모습은 더욱

멋져 보인다. 매끈한 몸매와 탄탄한 근육이 마치 미켈란젤
로가 만든 생동감 넘치는 거대한 조각상 같다. 예술가들이
그리스 사자(死者)의 몸에서 찾은 현대 조각의 선을 나는 대
장장이의 몸에서 찾아냈다. 대장장이는 영웅이다. 그는 피
곤을 모르는 이 시대의 아들이다. 그는 쇠망치로 연극을 하
고 있다. 온 힘을 다해 아가씨를 휘두르며 즐겁게 기분전환
을 한다. 장밋빛 용광로에서 찬란한 빛이 퍼지고 우레와 같
은 쇳소리가 울려 퍼지는 연극을 보면서 노동하는 사람의
고귀한 숨소리를 듣는다. 나도 모르는 사이에 노동의 위대
함을 깨달았다.

　　나는 원래 게으르고 의심이 많은 편이었는데, 대장간의
수많은 쟁기 속에서 이런 단점이 흔적도 없이 사라졌다.

✚　세상에서 가장 아름다운 장면은 금수강산을 멋지게 그려놓은 풍경
　　화가 아니라 부지런히 일하는 노동자의 모습이다. 에밀 졸라가 대장
　　장이라는 특정한 인물을 묘사한 글을 읽고 있으면 마치 옆에서 그 모
　　습을 함께 지켜보고 있는 것처럼 생생하다. 대장장이의 삶은 우리 사
　　회의 축소판이고, 대장장이의 성실함 속에는 유구한 역사의 힘이 담
　　겨 있다.

✚　**눈을 뜰 수 없을 정도로 강렬한 불꽃이 일고 귀청이 떨어져나갈 것만**
　　같은 소리가 울리는 곳에서 나는 발걸음을 멈추었다. 나는 빨갛게 달

아오른 굵은 쇠를 구부리고 있는 대장장이를 보았다. 그 신성한 노
동의 현장을 바라보며 나는 무한한 행복을 느꼈다.

조르주 상드
George Sand

바보

나는 매우 건강하다. 커서 미인이 되고 싶었지만 꿈을 이루지는 못했다. 아마 한창 때에 밤을 새우며 공부하고 글을 썼기 때문이 아닐까 싶다. 부모님들은 나를 예쁘게 낳아주셨지만 이제 예전의 모습으로 돌아갈 수 없다. 예쁜 어머니를 기준으로 삼다 보니 나는 내 외모에 항상 불만이 많았다. 그런데도 나는 외모를 가꾸는 데에는 전혀 관심이 없다. 결벽증까지 있어서 화장하는 것도 좋아하지 않는다.

어떤 사람들은 눈을 보호하기 위하여 일을 그만두고 따사로운 햇살을 피해 다니기도 한다. 발 모양이 미워질까 걱정해 나무로 된 신발을 신지 않는 사람도 있고, 손을 하얗고 매끄럽게 만든다며 온종일 장갑을 끼고 있는 사람도 있다.

심지어는 피부가 검게 타는 것을 막고 주름이 생기지 않게 하려고 마스크를 쓰고 다니는 사람도 있는데 이것만큼은 정말 참을 수가 없다. 어쨌거나 어려웠던 시절에 겪는 이런 생활은 고생이라기보다는 호강에 가까운 것이다.

어머니보다 할머니의 잔소리가 더 심했다. 모자와 장갑을 끼고 다니라는 할머니의 잔소리는 어린 시절 나에게는 매우 큰 스트레스였다. 일부러 할머니 말씀을 거역하려고 그런 것은 아니었지만 나는 항상 모자나 마스크를 쓰지 않고 다녔다. 그것은 갓난아기 때부터 생긴, 나 자신도 이해할 수 없는 습관이다. 그래서 나는 조금 '바보' 같아 보이기도 했다. 내가 직접적으로 '바보'라는 단어를 쓴 이유는 어렸을 때 하도 많이 들어본 말이기 때문이다.

✚ 사람들은 상대의 겉모습만 보고 판단하는 경향이 있다. 특히, 상대가 너무 예쁘거나 못생겼을 경우에는 그 정도가 더욱 심해진다. 그래서 사람들은 외모에 지나치게 신경을 쓰고 자신이 못생기지는 않았는지 지나치게 걱정하며 아름다운 외모를 꿈꾼다. 하지만 예쁘고 안 예쁘고를 떠나서 단정한 얼굴이 가장 보기 좋다. 꾸미지 않은 단정한 모습이 진정한 자아의 본질에 가깝지 않을까?

✚ 아무리 아름다운 사람도 시간이 지나면 늙기 마련이다. 꽃다운 시절은 금세 지나가버리고 잘생긴 외모도 시간이 지나면 변하기 마련이

다. 얼굴이 아름다운 사람보다 미소가 아름다운 사람이 되려고 노력 하는 것이 어떨까?

장 자크 루소
Jean-Jacques Rousseau

———

행복과 만족

행복은 한곳에 머물러 있지 않고 계속해서 움직이며, 세상 모든 것은 순식간에 변한다. 주위를 둘러보면 모든 것이 새로 태어나고 변화하는 것을 볼 수 있을 것이다. 물론 우리 자신도 변화의 중심에 서 있다. 우리는 옛날에는 존재하지도 않았던 것들을 아끼고 사랑한다. 반면에 옛날에 사랑받았던 것들이 우리도 모르게 사라지기도 한다. 이렇듯 세상에는 영원히 존재하는 것이 없으므로 영원한 행복을 추구하는 것은 공상이나 마찬가지이다. 어느 누구도 영원한 행복을 누릴 수는 없는 것이다.

영원한 행복이 없는 이상, 마음껏 즐기는 것이 지혜로운 것이다. 또한 순간의 즐거움이 영원할 것이라는 기대도 하지 마라. 이런 생각은 어리석은 망상일 뿐이니까 말이다.

진정으로 행복해하는 사람을 만나기는 쉽지 않다. 어쩌면 그런 사람들은 아예 존재하지 않을지도 모른다. 하지만 자신의 생활에 만족하며 지내는 사람들은 곳곳에 많다. 이런 만족감은 그 어느 것보다도 우리에게 깊은 인상을 심어 준다.

행복으로 가는 길에는 이정표가 없다. 다만, 행복한 마음을 가지고 살아가는 것만이 행복으로 향하는 유일한 방법이다. 만족은 사람의 눈빛과 말과 행동을 통해 얻을 수 있는 것이며, 이런 만족감은 자신도 모르는 사이에 다른 사람에게 전달된다.

명절에 사람들이 마음껏 웃고 떠들며 기뻐하는 것. 이것이 바로 생활의 참맛을 즐기는 모습이 아니겠는가?

✚ 행복은 강렬한 기쁨이며 만족이고, 영혼이 느끼는 달콤함이다. 그래서 사람들은 모두 행복해지기를 바란다. 하지만 행복은 강렬한 만큼 짧을 수밖에 없다. 행복의 달콤함은 금세 흩어져 버리며 결코 영원하지 않다.

지나친 욕심을 버린 상태에서 느끼는 기쁨, 그것이 바로 만족이다. 욕심을 버리면 쉽게 만족을 얻을 수 있으며, 만족을 아는 사람은 오랫동안 즐겁다.

만족은 자기 자신에게 주는 선물이다. 때로는 정처 없이 떠돌아다니는 여행객이 왕보다 더 행복하다. 여행객이 왕보다 자신의 생활에 만족하기 때문이다.

불행은 불만에서 기인한다. 반대로 작은 것에도 만족하는 마음에서 행복이 샘솟는 것이다.

✚ **행복은 늘 한곳에 머물러 있지 않고 계속해서 움직이며, 세상 모든 것은 순식간에 변한다. 어느 누구도 영원한 행복을 누릴 수는 없는 것이다.**

자연의 품에서 살아가다

나는 매일 아침마다 일출을 보기 위해 일찍 일어난다. 특히 날씨가 맑은 날에는 제발 편지나 손님이 찾아와서 이 고요한 아침을 방해하지 않기를 간절히 바라게 된다.

오전에 나는 급하지 않은 잡다한 일들을 즐거운 마음으로 처리한다. 그런 다음 불청객도 피하고 나 혼자만의 오후 시간도 즐길 겸 게 눈 감추듯 빨리 밥을 먹어 치운다.

아주 무더운 날에도 오전 11시 전에 강아지를 데리고 산책하러 나간다. 나는 불청객이 길을 막지는 않을까 걱정하며 걸음을 재촉한다. 일단 모퉁이를 돌면 그제야 한숨을 돌리고 신나게 걸어가며 혼잣말을 한다. "아! 오늘도 마음껏 혼자만의 오후를 즐길 수 있게 되었구나!" 발걸음을 늦추며 숲으로 들어가 들판 구석구석을 돌아다닌다. 인적이 드문, 지배와 억압의 흔적이 전혀 없는 들판을 찾아 나선다. 나만이 찾을 수 있는 고요한 들판으로 가면 이제 어느 누구도 나와 자연 사이에 끼어들 수 없다.

나는 자연이 나를 위해 펼쳐 놓은 화려한 경치를 마음껏 감상한다. 황금색 땔감과 자주색 돌의 아름다움이 내 눈 속으로 들어와 내 머릿속을 드나들며 나에게 기쁨을 선물한다. 내 키를 훌쩍 넘어서는 커다란 나무, 올망졸망한 나무, 발아래의 조그마한 풀들까지…

 내 눈을 어지럽히는 이 현란한 아름다움을 어떻게 감당해야 할지 모르겠다. 세상에서 가장 아름답다는 솔로몬 제도와 비교해도 절대로 뒤지지 않는 이 아름다움에 어떤 찬사를 보내야 할지 모르겠다. 서로 경쟁하듯 나를 끌어당기는 이 자연의 아름다움에 취해 나는 걸음을 멈춘다. 습관이 되어버린 게으름과 공상이 어쩌면 여기서부터 비롯된 것이 아닌가 싶다.

 나는 이 아름다운 땅을 생각하면서 국민을 위해 뭔가를 해야 되겠다는 소망을 품게 되었다. 나는 여론과 편견, 거짓된 감정을 멀리 몰아내고, 사람들을 이 아름다운 자연의 낙원으로 데려 와야겠다고 생각했다. 사람들이 자연과 함께하는 사회를 만들 수만 있다면 나 혼자만 즐기던 이곳을 흔쾌히 양보할 수 있다. 나는 내 기호에 맞춰 또 다른 황금시대를 만들면 되니까 말이다.

 나는 마음으로 동경하던 아름다운 생활을 즐길 수 있는 공간을 만들 것이다. 아름답고 깨끗하며 멀리 있는 사람들에게까지 기쁨을 전할 수 있는 그런 세상을 만들고 싶다. 그래서 나는 날마다 이런 환상을 꿈꾼다. 하지만 만약 지금 이 순간이 어지러운 바깥세상과 연결된다면, 직업적인 작가의 허영심이 지금 이 순간의 깊은 사색을 어지럽힌다면 나는 이 공간을 가차 없이 버릴 것이다.

　나는 순수하게 자연의 아름다움에 도취되고 싶다. 나만의 환상에 사로잡혀 마음껏 눈물을 흘리고 싶다. 하지만 내 꿈이 현실이 된다고 해도 나는 만족하지 못할 것이다. 그때가 되면 나는 다시 새로운 꿈과 희망을 품고 또 다른 세상을 동경할 테니 말이다. 내 가슴속에 자리 잡은 알 수 없는 공허함을 느끼고는 또 다른 즐거움을 찾아 나설 것이다. 사실 목적지에 도착하는 것보다 즐거움을 찾아나서는 그 길이 진정한 기쁨의 길인 것이다. 그 길에서 나는 절대로 포기할 수 없는 낭만을 찾게 될 것이다.

　나는 이제 사색을 마치고 다시 주변의 생명들을 바라보고 하늘을 올려다본다. 정신을 잃고 끝없이 펼쳐진 자연의 세계로 빠져들어 철학적 생각을 멈춘 채 우주의 무게만을 느끼며 즐거움을 만끽한다. 머릿속에 떠오르는 상상의 세계로 마음껏 달려간다. 내 생명의 영혼을 이 좁은 공간에 가두어둔다. 답답해 숨을 쉴 수 없을지라도 상상 속 무한한 세계로 뛰어든다.

　만약 내게 대자연의 비밀을 파헤칠 능력이 있었다면 이

런 놀라운 경험을 할 수 없었을 것이며, 이렇게 달콤한 순간을 맛볼 수 없었을 것이다. 나는 지금 신의 경지에 이른 평화로운 마음으로 크게 외친다.

"아! 하늘이시여! 나의 하늘이시여!"

그저 이 말 말고는 더 이상 그 어떤 말도 나오지 않는다.

✚ 자연의 오묘하고 위대한 힘 앞에 인간 세상은 얼마나 복잡하고 어지러운가? 인간의 마음은 얼마나 좁아지고 있는가? 현대인은 자연과 자유가 결핍된 세상에서 점점 자신의 자리를 잃어가고 있다. 마음속 족쇄를 풀어놓아야만 자신을 해방시킬 수 있는데 말이다. 나아가 자연으로 돌아가야 우리의 마음이 무한히 넓은 공간에서 자유롭게 뛰놀 수 있다. 즉, 마음 깊은 곳에서부터 여유를 찾고 층층이 쌓여 있던 포장을 벗어 던지면 대자연과 호흡하고 무한한 세계에서 기쁨을 느끼며 살 수 있을 것이다.

✚ 내 꿈이 현실이 된다고 해도 나는 만족하지 못할 것이다. 그때가 되면 나는 다시 새로운 꿈과 희망을 품고 또 다른 세상을 동경할 테니 말이다.

인생을 이해하다

나는 세상의 온갖 풍파를 겪으면서 달콤하고 강렬했던 기쁨의 순간이 오래도록 감동으로 기억되지 않는다는 것을 깨달았다. 기쁨의 순간은 마치 생명이란 긴 강줄기에 띄엄띄엄 떠 있는 조각배처럼 가끔 찾아올 뿐만 아니라 너무나 짧아서 인생의 한 부분이라고 말하기도 어려울 정도이다.

　내가 가슴에 품었던 행복은 결코 이렇게 한순간에 사라져 버리는 것이 아니었다. 나는 단순하면서도 영원한 행복을 꿈꾸었다. 행복은 원래 자극적이고 강렬한 것이 아니라 시간이 지날수록 그 매력이 점점 더해져 사람들을 최고의 경지로 이끌어주는 것이다.

　인생은 계속해서 흘러가며, 변하지 않는 인생은 없다. 우리는 과거가 아닌 현재를 살고 있다. 하지만 우리는 이미 지나가버린 과거를 회상하고 아직 오지 않은 미래를 바라보고 있다. 그러면서 우리는 사라지지 않는 행복을 바라지만 세상에는 쉽게 사라져버리는 즐거움만 가득하다. 그래서 나는 과연 이 세상에 영원한 행복이 존재하기는 하는지 의심스럽다. 가장 강렬했던 기쁨의 순간도 내가 꿈꾸던 영원한 행복은 아니었다. 나는 진심으로 행복한 순간이 영원히 지속되기를 바란다.

마음이 불안하고 공허할 때, 무언가를 얻으려고 욕심을 부릴 때, 가진 것을 잃을까 노심초사할 때, 우리의 마음은 계속해서 흔들린다. 이런 마음을 안고 살면서 어떻게 행복할 수 있겠는가?

✚ 사람들은 모두 행복한 삶을 살고 싶어한다. 하지만 진정한 행복이란 무엇인가?

사람은 자신만의 목표가 있어야 인생의 방향을 잃지 않는다. 목표 지점에 도착하느냐 하지 못하느냐는 사실 그렇게 중요한 문제가 아니다. 목표를 향해 나아가는 과정, 그 속에서 사람들은 사랑, 성취감, 행복, 열정을 느낀다. 부자라고 해서 모두 행복한 것은 아닌 것처럼 인생을 즐긴다는 것은 생활의 고통과 즐거움, 행복과 불행을 모두 경험해 보는 것이다. 인생은 꼭 한 번 살아볼만한 가치가 있다.

✚ 마음이 불안하고 공허할 때, 무언가를 얻으려고 욕심을 부릴 때, 가진 것을 잃을까 노심초사할 때, 우리의 마음은 계속해서 흔들린다. 이런 마음을 안고 살면서 어떻게 행복할 수 있겠는가?

아이들의 호기심, 어떻게 채워줄까?

'아이들이 신기해하는 것에 대해 자세히 설명해 줘야 할까?', '사소한 것까지 하나하나 설명해 주는 것이 좋을까?' 부모들은 아이들의 질문 앞에서 늘 이런 고민을 한다.

나는 이 두 가지 모두 그다지 좋은 방법이 아니라고 생각한다. 부모들의 고민을 해결할 수 있는 방법을 찾기란 쉽지 않았고, 드디어 오늘에서야 복잡한 문제의 해결 방법을 찾아냈다.

첫째, 아이들에게 호기심이 생길 기회를 만들어주지 않으면 아이들이 더는 이런저런 해괴한 질문을 하지 않을 것이다. 그러니까 아이가 호기심이 생기지 않도록 하는 것이 가장 중요하다.

둘째, 아이들이 대답하기 어려운 질문을 하더라도 절대로 거짓말을 하거나 대충대충 아무렇게나 말하지 마라. 차라리 아이의 질문에 대답을 못할지언정 거짓말을 해서는 안 된다. 먼저 아이에게 부모도 모르는 것이 있다는 사실을 이해시켜야 한다. 그러면 아이는 더는 곤란한 질문을 하지 않을 것이다.

셋째, 만약 당신이 아이의 질문에 대답하기로 작정했다

면 아이가 어떤 것을 묻더라도 정확하게 대답해 주어야 한다. 대답할 때는 성실하게 자세히 말해주고 그 내용을 반드시 기억해 두어야 한다. 절대로 아이를 속여서는 안 된다.

아이들의 호기심을 채워주기는 쉽지 않다. 그러나 아이들의 호기심을 자극해 놓고 대답을 회피한다면 아이에게 악영향을 끼칠 수 있다는 사실을 명심하라. 부모라면 마땅히 아이들의 질문에 신중하게 대답해야 한다. 망설임 없이 간단명료하게 진실을 말해야 한다. 나는 이 점을 강조하고 싶다. 어른이 거짓말의 해악을 인식하지 못한다면 자기 아이를 어떻게 바르게 키울 수 있겠는가? 딱 한 번의 거짓말이라도 일단 탄로가 나면 아이들을 제대로 가르칠 수 없게 된다.

사안에 따라서는 적당히 숨기는 요령도 필요하다. 하지만 아이들이 이미 알고 있는 사실을 숨겼다가는 본전도 못 찾을 것이다. 그럴 때는 일찌감치 아이에게 사실을 털어놓는 것이 좋다. 애초에 아이들의 호기심을 자극하지 마라. 하지만 일단 아이가 호기심을 보인다면 반드시 만족시켜주어야 한다.

부모는 자녀가 유년시절을 어둡게 보내지 않도록 많은 배려를 해야 한다. 나중에 아이에게 닥칠 환경도 미리 예측

하고 어떻게 가르칠 것인지 교육 방법도 결정해야 한다. 아이들이 자라면서 문제가 생기더라도 부모는 이를 자신의 주관적인 생각만으로 해결하려고 해서는 안 된다. 아이들이 자라면서 성적 호기심을 갖는 것은 자연스러운 일이다. 그러므로 아이에게 미리미리 남녀의 성적 차이를 설명해 주는 것이 좋다. 물론 나는 부모가 성과 관련된 화제를 꺼내지 않는 것이 가장 좋다고 생각하지만 그런 생각이 늘 옳은 것은 아니다.

나는 말과 행동이 다른 부모를 싫어한다. 아이들도 이러한 부모를 싫어할 것이다. 나는 진실을 은폐하고 아이들의 질문에 이렇게 저렇게 말을 돌리며 대답을 회피하는 부모를 싫어한다. 물론 그런 부모라면 아이들도 아마 자기 부모가 조금 이상하다고 느낄 것이다.

부모라면 어떤 문제에 부딪치더라도 순수한 태도를 잃지 말아야 하며, 아이가 나쁜 습관에 길들여졌다면 노력을 기울여서 바로잡아 주어야 한다.

✚　아이들은 미래의 희망이다. 그러므로 아이들을 어떻게 키우고 교육할 것인가 하는 문제는 굉장히 중요하다. 아이들에게는 다양한 꿈이 있다. 아이들의 세계에는 5월의 아카시아 꽃향기 같은 신선함이 가

득하고, 세상에 대한 어리고 순수한 동경이 넘쳐난다. 아이들의 눈
높이에 맞추어 바르게 자랄 수 있도록 돕는 것! 그것이야말로 부모가
할 수 있는 가장 큰 기쁨이자 의무일 것이다.

만약 아이들의 파릇파릇한 순수함이 사라진다면 이 세상은 얼마나
냉혹하게 변할까?

✚ 어른이 거짓말의 해악을 인식하지 못한다면 자기 아이를 어떻게 바
르게 키울 수 있겠는가?

장 드 라브뤼예르
Jean de La Bruyère

———

부자와 가난뱅이

지퉁은 눈빛이 강력하고 붉고 기름진 뺨이 아래로 축 처진 동그란 얼굴을 가진 남자다. 어깨가 넓고 배가 불룩 튀어나 왔으며 성큼성큼 과감하게 걷는다. 그는 동년배와 같이 걸을 때 늘 가운데에 선다. 그가 발걸음을 멈추면 다른 사람들도 모두 걸음을 멈춘다. 그가 다시 걷기 시작하면 그제야 다른 사람들도 그를 따라 걷는다. 사람들은 모두 그의 행동을 따라한다.

　그는 말하는 것을 좋아한다. 그가 말을 하면 모두가 그의 의견에 동조하며, 그가 전하는 소식을 모두 아무런 검증 없이 그대로 믿어버린다. 그는 종종 상대방의 말을 끊고 끼어들며 상대방의 잘못을 지적한다. 하지만 다른 사람이 자신의 말을 끊는 것은 절대 용납하지 않는다.

　그는 이야기할 때 자신감이 넘친다. 그래서인지 사람들은 그의 말을 계속 듣고 싶어 한다. 하지만 그는 다른 사람의 말을 귀담아 듣지 않는다. 다른 사람이 있건 없건 아무 데서나 큰 수건을 펼쳐 팽하고 코를 풀고 가래침을 뱉으며 큰 소리로 재채기를 한다. 그는 밤낮을 가리지 않고 틈만 나면 잠을 잔다. 언제든지 깊고 달게 잠을 자며 드르렁드르렁 코를 골기도 한다. 그는 밥 먹을 때나 산책할 때도 남들보다 넓은 공간을 차지한다.

　그는 언제나 안락의자에 깊숙이 앉는다. 눈살을 찌푸리고 다리를 꼬고 앉아 모자를 눈까지 푹 눌러쓰고는 다른 사람을 쳐다보지도 않는다. 때로는 모자를 벗어던지고 대담하게 이마를 드러내 놓는 일도 있다.

　그는 유머가 풍부하고 시원스럽게 웃으며 성격은 급하고 오만하지만 신비롭다. 그는 자신이 능력 있고 똑똑한 사람이라고 자부한다. 그는 부자다.

　페이둥은 눈이 푹 들어가고 양 볼이 쪼그라들었을 정도로 말랐으며 얼굴은 언제나 홍조를 띠고 있다. 그는 잠을 조금밖에 자지 않으며 자더라도 깊이 잠들지 못하고 쉽게 깬다. 그는 마음이 항상 딴 데 가 있고 일 처리가 흐리멍덩하다. 특히 아침에 잠에서 깨어났을 때는 정말 멍청해 보인다.

그는 무슨 일이든 쉽게 잊어버린다. 그래서 늘 허둥지둥 정신이 없고 늘 바쁘다. 그는 다른 사람과 대화를 할 때도 겨우 대답만 할 뿐이다. 그는 매우 냉소적이며 그런 그의 태도는 상대방을 불쾌하게 만든다. 그래서 사람들은 그의 말을 두 번 다시 듣고 싶어 하지 않는다. 말을 할 때는 기어들어가는 목소리로 조그맣게 말하며 발음도 부정확하다.

그는 상대방을 웃기는 재주도 없다. 다른 사람이 그에게 뭐라고 말을 시켜도 그저 박수나 치고 미소나 지을 뿐이다. 게다가 그는 줏대 없이 이리 저리 흔들리며 미신을 잘 믿는다. 그는 가끔 거짓말을 한다. 그리고 지나치게 꼼꼼하고 신중해서 주변 사람을 피곤하게 만든다.

하지만 그에게도 장점은 있다. 그는 마음씨가 착해서 농번기에는 남의 일도 잘 도와주고, 다른 사람의 비위를 건드리지도 않는다.

그는 부끄러움을 잘 타고 길을 걸을 때는 두 눈을 아래로 내리깔고는 느릿느릿 걷는다. 감히 고개를 들어 지나가는 사람을 쳐다보지도 못할 정도이다. 그는 동네 사람들과 길게 이야기를 나눠 본 적도 없다. 그는 말하는 사람 뒤에서서 몰래 말을 엿듣는다. 그러다가 누군가 쳐다보면 곧장

달아나버리고 만다.

그는 어디를 가도 자리를 넓게 차지하고 앉는 법이 없다. 걸을 때도 어깨는 늘 축 처져 있고, 다른 사람들이 자기 얼굴을 볼 수 없게 모자를 눈까지 푹 눌러 쓰고 있다. 그는 커다란 옷으로 몸을 둘둘 싸매고 몸을 꾸부정하게 구부리고 걷는다.

그는 큰길이든 골목길이든 일단 사람들이 많으면 돌아서서 다른 길로 돌아가면서까지 사람들을 피한다. 혹시 누가 그에게 앉으라고 권하기라도 하면 그는 어쩔 수 없이 의자 가장자리에 걸터앉는다.

그는 대통령이나 정치인에게도 관심이 별로 없고 사회적 의무를 다하지도 않으며 비관적이고 염세적이다. 그는 기침을 하거나 코를 풀 때도 다른 사람이 보지 않도록 주의하고, 어쩔 수 없이 가래를 뱉은 경우에는 휴지통이 나타날 때까지 몸에 지니고 다니며, 혼자 있게 될 때까지 재채기를 참는다. 그리고 주변 사람들에게도 자신의 이런 모습을 감추고 살아간다. 사람들은 그에게 안부를 묻지 않을 뿐만 아니라 그를 무시한다. 그는 가난하다.

✚ 부자는 자신의 부를 믿고 교만하게 굴고 가난뱅이는 현실에 순응하며 별다른 노력을 기울이지 않는다. 그래서 세상은 조화를 이루지 못한다.

부자의 거들먹거리는 모습이 사람을 짜증나게 만든다면, 가난뱅이의 초라한 모습은 보는 사람을 안타깝게 만든다.

부자는 체면이 서야 의기양양해진다. 하지만 그 체면은 가난한 사람들이 부자에게 준 것이다.

✚ **황금 열쇠를 쥐고 태어나는 사람도 있고 나무 주걱을 가지고 태어나는 사람도 있다. 이들 모두가 인간 세상을 구성하고 있는 구성원들이다.**

미셸 드 몽테뉴

Michel Eyquem de Montaigne

———

생명을 사랑하다

나는 단어에 특별한 의미를 부여하는 것을 좋아한다. 예를 들어 '살다'라는 단어는, 날씨가 좋지 않아 기분이 별로일 때는 '시간을 헛되이 보내다'라는 의미가 되고, 햇살과 바람이 좋은 날에는 '이 순간이 영원히 흘러가지 않기를 바라다'라는 의미로 변한다. 날씨가 좋은 날에 나는 천천히 아름다운 햇살을 음미하며 삶을 즐긴다.

'살다'와 '시간을 헛되이 보내다'를 구분하는 것은 보통 사람들에게는 짜증나는 일이 될 수도 있을 것이다. 그저 철학자의 나쁜 습관처럼 보일 테니 말이다. 그런 면에서 본다면 생명을 언급하는 것은 더욱 괴로운 이야깃거리가 될 것이다.

그러나 나는 생명이 충분히 칭송받을 만한 가치가 있다는 사실을 강조하고 싶다. 아울러 생명이라는 존재가 얼마나 가치 있는 것인지 강조하고 싶다. 이런 생각은 늙어서도 변함이 없을 것이다.

자연은 우리에게 생명을 선물했다. 그래서 우리의 생명은 그 무엇보다 소중하고 훌륭하다. 만약 생명의 중압감을 느낀다거나 생명을 하찮게 여긴다면 그것은 전적으로 본인의 잘못이다. 멍청한 사람은 일생을 마른 나무처럼 무미건조하게 살아간다. 그들은 모든 희망을 다음 세상에 맡겨버리는 것이다.

나는 생명을 사랑하지만 언제든지 아쉬워하지 않고 생명과 이별할 준비가 되어 있다. 그것은 결코 삶이 고달파서가 아니라 '인간은 언젠가 죽는다.'는 사실을 잘 알고 있기 때문이다. 즐겁게 사는 사람만이 죽음을 고통으로 받아들이지 않을 수 있다.

인생을 즐기는 데 있어서 그 방법도 매우 중요하다. 그 방법 가운데 하나는 생활에 관심을 가지는 것이다. 생활에 얼마나 관심을 두느냐에 따라 인생살이의 즐거움의 크기가 결정되기 때문이다. 다시 말해, 생활에 관심을 두 배로 기울이면 인생도 두 배 더 즐거워진다. 그렇게 삶을 즐겨야만 생명의 소중함도 더 절실하게 깨닫게 되고 흘러가는 시간을 붙잡고 싶다는 욕망도 솟구친다.

나도 내 생명줄이 점점 짧아질수록 멀리 사라져가는 태양을 가슴에 담은 채 흘러가는 세월을 붙잡고 싶고 지금까지 해보지 못한 이런저런 일들을 마음껏 즐기며 살고 싶다.

✚ 사람은 모두 자신의 삶을 스스로 결정할 권리가 있다. 만약 당신이 무책임과 낭비를 선택했다면 당신의 생활은 공허함과 허탈감으로 보답할 테지만, 당신이 노력과 인내를 선택했다면 당신의 생활은 즐거움으로 보답할 것이다. 열정으로 가득 찬 삶을 살면 고통도 걱정도 멀어진다. 즉, 진취적인 삶이 곧 행복한 삶이다.

"과거를 돌아보았을 때 후회되지 않게, 부끄럽지 않게 살아야 한다. 임종의 순간에 '나는 모든 생명과 정력을 인류의 해방과 투쟁을 위해 헌신했다'고 말할 수 있는 삶을 살아야 한다." – 오스트로프스키《강철은 어떻게 단련되었는가(How the steel Tempered)》

✚ 인생을 즐기는 데 있어서는 그 방법도 매우 중요하다. 그 방법 가운데 하나는 생활에 관심을 가지는 것이다. 생활에 얼마나 관심을 두느냐에 따라 인생살이의 즐거움의 크기가 결정되기 때문이다.

죽음에 대처하는 자세

이미 잃어버린 물건은 되찾을 수 없듯이 하나뿐인 목숨도 죽은 다음에는 다시 되돌릴 수 없다. 누구에게나 공평한 이 자연의 법칙 앞에서 무엇 때문에 잃어버리는 것을 두려워 하고 죽음을 두려워할 것인가? 어차피 죽어야 할 목숨이라 면 두려워하기보다는 차라리 용감하게 맞서는 것이 낫다.

인간을 포함한 우주 만물은 모두 태어났다가 사라진다. 그러니 미리부터 죽음에 대해 걱정하는 것은 쓸데없는 짓 이다. 백 년 후에 자신이 이 세상에 존재하지 않는다는 사실 을 걱정해봐야 무슨 소용이 있을 것인가? 아직 일어나지도 않은 일 때문에 지금 눈물을 흘리는 것은 바보짓이다. 우리 는 죽음이라는 운명에 복종해야 한다. 누군가의 말처럼 이 세상을 떠나는 것은 이 세상에 처음 왔던 것과 똑같다.

우리는 많은 대가를 치르고 새로운 생활을 시작한 것이 므로 지금, 현재의 생활에 더욱 충실해야 한다. 그래야 죽음 도 겸허하게 받아들일 수 있다. 죽음도 생활의 일부일 뿐이 고, 결코 고통이 아니라는 사실을 깨달아야 한다. 딱 한 번 만 겪게 되는 일을 고통이라고 말할 수 없다. 순식간에 지나 쳐갈 일 때문에 오랫동안 간이 콩알만 해질 정도로 놀라고 걱정할 필요는 더더욱 없다. 또한 한 번뿐인 인생에서 그 생이 길고 짧은 것은 중요하지 않다. 누군가는 조금 일찍 생을 마감하고 누군가는 조금 더 오래 산다고 해도 죽음 앞에서는 모두가 평등하다.

죽음은 생명의 한 부분이다. 그러므로 죽음을 피하는 것은 곧 자기 자신에게서 도망치는 것이나 마찬가지다. 생명이 죽음의 그림자에 덮여 있다고 해도 그것은 우리의 인생이다. 우리는 태어난 첫날 생명을 부여받았지만 태어난 그 순간부터 이미 한 걸음 한 걸음 죽음을 향해 걸어가고 있는 것이다.

우리는 지금까지 생명을 조금씩 바쳐가며 여러 가지 경험을 한 것이다. 우리가 경험한 모든 것들은 우리의 생명을 담보로 하여 얻어낸 것들이다. 이렇게 조금씩 생명을 희생시키다가 마지막으로 만나는 관문이 바로 죽음이다. 죽음이란 생명이 게으름을 피우지 않고 계속해서 앞으로 쭉 나아갔다는 반증이다. 우리의 삶 자체는 죽음이라는 길 위에 있는 것이다. 그리고 그 삶이 멈추는 지점이 바로 죽음이다.

우리는 사는 동안 더 기쁘고 더 즐겁게 살아야 한다. 하지만 살아있는 그 자체가 죽음의 바로 전 단계이다. 그러므로 만약 인생을 충분히 즐기고 만족하고 있다면 세상과도 기쁘게 이별할 수 있을 것이고, 기꺼이 죽음을 맞을 수 있을 것이다.

　만약 인생을 즐기지 못하고 헛되게 소모했다면 그런 재미없는 인생과 이별하는 것이 뭐 그리 슬프겠는가? 그런 식으로 더 살아서 뭐 하겠는가?

　생명 자체는 선도 악도 아니다. 인생을 선하게 혹은 악하게 만드는 것은 모두 자기 자신에게 달려 있다. 하루라는 시간은 결코 짧지 않다. 단 하루를 살더라도 우리는 세상 모든 것을 보고 느낄 수 있다. 과거에 우리 선조들을 비춰 주었던 햇빛과 달빛, 그리고 별빛은 우리를 지나 미래의 자손들을 비춰 줄 것이다.

　그러므로 우리가 지금 죽는다고 해도 인류는 계속될 것이니, 우리의 생명의 가치는 길고 짧음에 있는 것이 아니다. 살아있는 동안 행복하고 즐겁게 생활하는 것이 가장 중요한 것이고, 오래 사는 것은 그 다음 문제인 것이다.

　이렇게 생명은 언제 멈추더라도 그 자체로서 완전무결한 것이다. 결코 오래 사는 것을 삶의 목표로 삼아서는 안 된다. 게으름 피우지 않고 앞을 향해 나아가더라도 영원히 닿을 수 없는 세계가 있다는 것을 우리는 이미 알고 있다. 하지만 모든 길에는 출구가 있기 마련이다. 그러니 죽음 역시 삶의 출구라는 사실을 받아들여라.

살아가면서 보살펴야 할 동반자가 없다면 마음은 조금 홀가분할 것이다. 하지만 그런 세계에서는 친구와 함께 걸을 수가 없지 않은가? 마음의 부담을 줄인다는 핑계로 굳이 외로움을 선택할 필요가 있을까?

✚ 생명의 규칙을 이해하고 살아있음에 감사하는 것, 그것이 바로 행복이다. 죽음도 삶의 일부라는 사실을 겸허하게 받아들여라. 매 순간을 충실하게 살다 보면 마지막 숨을 쉬는 순간, 아름다운 세상을 향해 웃을 수 있을 것이고, 결코 죽음이 두렵지 않을 것이다.

✚ 죽음은 생명의 한 부분이다. 그러므로 죽음을 피하는 것은 곧 자기 자신에게서 도망치는 것이나 마찬가지다. 생명이 죽음의 그림자로 덮여 있다고 해도 그것은 우리의 인생이다. 우리는 태어난 첫날 생명을 부여받았지만 태어난 그 순간부터 이미 한 걸음 한 걸음 죽음을 향해 걸어가고 있는 것이다.

자유롭고 편안하게 살기를 바라다

춤을 출 때는 춤만 추고, 잠을 잘 때는 잠만 자라. 이 말은 너
무나 당연한 듯싶지만 많은 사람이 춤을 추면서 잠을 자고
싶어 하고 잠을 자면서 춤을 추고 싶어 한다.

아름다운 정원을 산책하면서 마음속으로는 딴생각을 하
고 있다면 빨리 생각을 돌려 눈앞에 보이는 정원을 바라보
아라. 이 순간만은 자기 자신만을 생각하고 혼자만의 즐거
움을 음미해 보아라.

카이사르와 알렉산더 대왕은 바쁜 와중에도 항상 자연
을 즐겼다. 이것은 인간에게 있어 꼭 필요한 생활의 즐거움
이다. 자연을 즐기는 여유로움은 정신을 해이하게 하는 것
이 아니라 오히려 정신력을 더 강하게 해준다. 그러므로 바
쁘고 고달픈 생활이 이미 일상이 되어 버린 지금, 더욱 용기
를 내어 자연과 함께 하는 시간을 만들어야 한다.

카이사르나 알렉산더는 생활의 여유를 즐기는 것을 당
연하게 생각했다. 물론 그들의 이런 판단은 더없이 현명했
다. 반면 우리는 어떤가? 어쩌면 바쁘게만 사느라 정신이
없는 지금의 우리가 바보인 것은 아닐까?

우리는 "누구누구는 평생 성공 한 번 해보지 못했어."라

고 쉽게 말한다. 어떤 이는 "오늘은 아무 일도 하지 못했는데 어떡하지?"라며 넋두리를 한다. 어떻게 하긴! 특별한 일을 하지 않았다고 해도 하루를 열심히 살지 않았는가? 그것이 바로 가장 기본적이면서도 가장 중요한 일 아닌가?

"더 크고 중요한 일을 처리할 수 있어야 능력을 보여줄 수 있을 텐데."라고 생각하지 마라. 타고난 능력은 애쓰지 않아도 자연스레 발휘된다. 우리의 천성과 능력은 암흑 속에서도 스스로 빛을 발한다. 그러니 현재 자신이 보잘것없다고 해도 낙담하지 마라. 잠시만 기다리면 인생이란 무대 위에서 훌륭한 공연이 펼쳐질 테니 말이다. 능력을 쌓기보다는 생활을 어떻게 꾸려가야 할지 아는 것이 더욱 중요하다. 자서전을 써서 뽐내기 위해서가 아니라 스스로 자신의 행동을 잘 정리정돈하기 위해서 우리는 생활 습관을 조절해야 한다.

가장 보람차고 가장 영예로운 일은 자유롭게 편안하게 살아가는 것이다. 정치나 사업 같은 다른 일들은 삶을 돋보이게 하는 부속품일 뿐이다.

✚　떠들썩한 일을 하는 것이 가장 영예롭고 자랑스러운 일이라고 생각하지 마라. 하루하루를 열린 마음으로 즐겁게 살아가고 생명을 소중

히 여기다 보면 마음이 저절로 한가롭고 여유로워지기 마련이다. 아울러 그것이 바로 생명을 가장 잘 이해하는 것이며 가장 뜻깊게 살아가는 방법이다.

✚ 생명은 당신이 원하는 것을 추구한다. 하지만 현명한 사람은 여기에서 그치지 않고 자신이 추구한 것을 신나게 즐긴다.

자화자찬

명예를 추구하는 것은 자신의 장점을 지나치게 높게 평가하는 행위이다. 사실 명예욕은 자기 자신을 사랑하는 인간의 본능이다. 하지만 이런 사랑이 지나치면 자신의 실제 모습을 보지 못하게 된다. 연인들이 사랑하는 사람을 무조건 예쁘게만 보는 것과 비슷하다. 사랑에 빠진 사람들은 정확한 판단을 하지 못한다.

하지만 이런 실수가 두려워서 반대로 자신을 비하한다면 그것도 잘못이다. 어떤 상황에서든 평가는 공정해야 한다. 각자 자기 자신에 대해 객관적이고 정확한 평가를 내릴 수 있어야 한다. 만약 당신이 율리우스 카이사르(Julius Caesar, 고대 로마의 정치가, 장군, 작가) 정도 되는 인물이라면 대담하게 자신이 세상에서 가장 위대한 지도자라고 말해도 될 것이다. 하지만 평범한 사람들이라면 누가 감히 그렇게 말할 수 있겠는가?

사람들은 지나치게 체면을 중시한다. 체면은 우리를 혼란스럽게 해서 사물의 본 모습을 제대로 보지 못하게 하는데도 말이다. 체면 때문에 우리는 종종 쓸모 있는 큰 나무줄기는 버리고 쓸모가 적은 곁가지를 붙잡는 실수를 범한다.

하지만 체면을 따지는 것이 장점이 될 때도 있다. 체면은 남의 눈에 띄는 불법적인 일을 하는 것을 용납하지 않는다. 이성 역시 불법적인 일을 하는 것을 용납하지 않는다. 사람들은 이성을 따르는 것은 어려워하면서도 체면은 쉽게 따른다. 이렇게 체면은 우리의 손과 발을 묶는다. 사람들은 체면 때문에 자신에 대한 평가도 제대로 내리지 못한다. 남의 눈 때문에 자신을 칭찬하지도 욕하지도 못하는 것이다.

어떤 사람은 좋은 운명을 타고나 어려서부터 부유한 생활을 한다. 그들은 자신에게 아첨하는 사람들을 보면서 자아도취에 빠지게 된다. 그러나 어떤 사람들은 애초부터 가난한 운명을 타고난다. 그런 사람들은 스스로 자신을 떠벌리지 않으면 아무도 그들에게 관심을 두지 않는다.

이렇게 각자 정해진 운명이 있기 때문에 우리는 타인의 자화자찬을 막을 수도 없고, 강제로 타인을 자만에 빠지게 할 수도 없으며, 자신을 과대평가하는 것이나 타인을 과소평가하는 것 역시 막기 어렵다.

✚　　자화자찬을 하지 않는다고 해서 자신이 과소평가되는 것은 아니다. 사람은 언제나 자기 자신을 객관적으로 볼 수 있어야 하고 공정하게 평가할 수 있어야 한다. 보태지도 빼지도 않고 있는 그대로 판단해야

한다. 자아도취는 공정한 태도와 이성을 잃어버렸다는 증거이다. 자화자찬에 익숙해지면 쉽게 자만에 빠진다. 자신에게 만족한다는 것이 장점일 수도 있지만, 그것은 결국 자기 손으로 자기 눈을 가려 목표를 잃게 하는 짓이다. 게다가 현실의 자아와 자신이 만들어낸 자아 사이의 틈을 언젠가 발견하게 되면 가슴 찢어지는 고통을 느끼게 된다. 바로 이런 불균형이 자기 자신을 해치는 나쁜 결과를 가져오는 것이다.

✚ 자화자찬이란 모두가 땅을 딛고 사는 세상에서 자기 혼자만 구름을 타고 높은 곳에 떠 있다고 착각하는 감정이다.

자기분해

많은 사람들이 자기의 모든 것을 친구에게 나눠준다. 정작 자신에게는 아무것도 남지 않더라도 자기가 가진 것을 아낌없이 친구에게 주는 것이다. 그런 사람들은 자기 몸이 2개, 3개, 4개가 아닌 것을 안타깝게 여긴다. 자신의 영혼을 몇 개로 나누어 여러 친구에게 고루 나눠줄 수 없는 것이 안타까운 것이다.

우리는 여러 친구와 우정을 나눈다. 첫 번째 친구와 우정을 나누면서 그 친구의 성품을 배운다. 두 번째 친구와 우정을 나누면서 그 친구의 지식을 배운다. 세 번째 친구와 우정을 나누면서 그 친구의 굳건한 의지를 배운다. 네 번째 친구와는 형제와 같은 정을 나누고, 다섯 번째 친구와는 부모와 같은 사랑을 나눈다. 그리고 여섯 번째 친구에게서 또 다른 무엇을 배우며 우정을 나눈다.

그런데 만약 두 명의 친구가 동시에 도움을 청한다면 당신은 어느 쪽으로 달려갈 것인가? 더군다나 두 명의 친구가 정반대의 것을 요구한다면 당신은 어떻게 할 것인가? 한 친구는 비밀을 지켜달라고 하는데, 다른 친구는 그 비밀을 알려달라고 하면 당신은 어떻게 할 것인가?

나는 친구의 비밀을 폭로하지 않을 것이다. 비밀을 지켜 달라는 친구와의 약속을 꼭 지킬 것이다. 친구는 바로 나 자신이니까. 친구는 둘로 분해된 또 하나의 나이기 때문에 나는 친구와의 약속을 생명처럼 지킬 것이다. 우정은 다른 모든 의무보다 우선되어야 한다.

우정의 힘은 얼마나 위대한가? 내가 두 사람을 똑같이 사랑하고, 그 두 사람이 서로 사랑하며 또 다른 사람을 사랑하고, 그들이 또다시 다른 사람을 사랑하고……. 이렇게 하나의 개체가 무수히 많은 개체로 변할 수 있는 것, 그것이 바로 우정이다.

✚　자기 자신을 잊고 친구의 분신이 되어줄 수 있는 것, 그것이 바로 진정한 우정이다. 진정한 우정을 쌓기 위해서는 이기적인 욕심을 버려야 한다. 친구를 위해 진심으로 온 힘을 다해 희생하고 봉사하라. 그러면 당신이 베푼 것보다 더 많은 것을 얻을 수 있게 된다.

✚　하나의 개체가 무수히 많은 개체로 변할 수 있는 것, 그것이 바로 우정이다.

우정이란 무엇인가?

아리스토텔레스는 우정에 대해 이렇게 말했다.

"좋은 입법자는 공정함보다 우정을 더 소중히 여긴다."

우정을 좋아하는 것은 인간의 천성이다. 우정은 욕망이나 이익, 개인적 필요, 다수의 요구에 의해 여러 가지 모습으로 유지된다. 하지만 우정에 우정 이외의 다른 목적이 침투하면 우정은 그 즉시 퇴색하고 만다.

우정은 상호 교류가 가능한 지극히 평등한 관계를 말한다. 그러므로 자식이 부모를 존경하는 마음은 우정이라 할 수 없다. 부모와 자식은 평등한 관계가 아니기 때문에 우정의 교류가 불가능한 것이다. 아버지는 아이에게 마음속 깊은 고민을 말할 수 없고, 아이는 아버지의 체통을 생각해서 아버지의 잘못을 고쳐줄 수 없다. 그래서 아버지와 아들 사이에는 우정의 첫 번째 원칙인 평등의 원칙이 지켜지지 않는다.

애정 역시 우정이 아니다. 애정은 변화무쌍한 감정으로 열광적이고 충동적이다. 애정은 냉정과 열정 사이를 오가며 둘을 하나로 묶어두려 한다. 하지만 우정은 평화롭고 온건하고 냉정하고 침착하며 오래도록 변하지 않는다. 우정은 유쾌하고 고상하며 상대를 난처하게 하거나 고통스럽게 하지 않는다. 우정은 우리의 정신과 마음을 정화해주고 우리를 더욱 발전하게 한다. 우리가 일반적으로 말하는 우정은 서로 마음을 전할 기회를 만나 맺어진 친밀한 관계를 가리킨다. 그 가운데에는 서로의 마음이 흠잡을 데 없이 완벽하게 결합한 경우도 많다. 만약 누군가 나에게 왜 그 친구를 좋아하느냐고 묻는다면 나는 정확히 말하기 어려울 것이다. 아마 그저 "그 사람이니까."라고 밖에는 말할 수 없을 것이다. 그것이 바로 우정이다.

일반적인 우정과 지고지순한 우정을 한데 섞어 말하지 마라. 우리는 모두 평범하고 일반적인 우정을 경험해 봤다. 그리고 그 평범한 우정을 스스로 완전무결하다고 착각하고 있다. 하지만 평범한 우정은 살얼음판을 걷듯이 늘 조심해야 한다. 언제 깨질지 모르기 때문이다. 말을 타고 달릴 때처럼 고삐를 단단히 잡아야 한다. 조심하지 않으면 떨어질 수도 있기 때문이다.

"그를 사랑할 때 언젠가 그가 미워질 것도 생각해야 한다. 그를 미워할 때 언젠가 다시 그를 사랑하게 될 것까지 생각해야 한다."

이 말은 지고지순한 우정에 대한 모독이다. 하지만 보통의 우정에 빗대면 이 말은 몸에 잘 듣지만 입에는 쓴 약과 같다.

우정을 말하면서 이익을 언급하지 마라. 전정한 우정은 자신이 가진 모든 것을 친구에게 주는 것이다. 은혜를 입은 쪽 역시 상대를 위해 좋은 일을 계획하고 친구의 은혜에 보답하고자 자신의 모든 것을 아끼지 않는 것이다. 친구의 의견에 동의하는 것은 친구에게 가장 큰 은혜를 베푸는 것이다. 이런 우정보다 사람을 더 행복하게 하는 일이 또 있을까?

✚ 우정은 혈육의 정이나 애정과는 또 다른 위대한 감정이다. 우정은 이익을 따지지 않으며, 진정한 우정은 욕심에 휘둘리지 않는다. 원칙을 지키는 사람만이 진정한 우정을 가질 수 있다.

✚ 우정은 영혼의 결합이다. 우정은 정직하고 고상한 마음 사이를 연결하는, 말이 필요 없는 약속이다.

볼테르
Voltaire

———

운명

세상은 자신의 본성에 따라 움직이기도 하고, 신이 정한 숭고한 규칙에 따라 움직이기도 한다. 그리고 본성이든 신의 규칙이든 두 가지 모두 변하지 않는 필연적인 결과를 가져온다. 배나무는 파인애플나무보다 크게 자라지 못하며 개는 타조의 본능을 따르지 못한다. 이렇듯 세상 만물은 모두 잘 정돈되어 조화를 이루고 있으며 나름의 한계를 인정하고 갖가지 제약도 감수해야 한다. 이것이 바로 본성이고 신이 정한 규칙이다.

인간에게도 신이 정한 규칙은 그대로 적용된다. 그래서 인간에게는 일정한 숫자의 치아와 머리카락이 있으며 언젠가는 치아와 머리카락도 빠지게 된다. 또 두뇌의 한계도 인정해야 한다. 나이가 들수록 기억력이 떨어지는 것은 극히 자연스러운 일이다.

만약 당신이 파리 한 마리의 운명을 바꿀 수 있다면 파리는 물론 다른 동물이나 사람, 자연의 운명까지도 바꿀 수 있을 것이다. 이런 일이 일어난다면 그것은 당신이 곧 신, 아니 신보다 강한 능력을 가졌다는 것을 뜻한다. 하지만 그것은 절대로 불가능한 일이다. 인간의 힘은 미약하고, 우리 스스로 운명을 바꿀 수 없다.

바보는 이렇게 말한다.

"우리 담당 의사가 우리 숙모의 불치병을 고쳤어요. 덕분에 숙모가 10년은 더 살게 됐어요."

그보다 더한 바보는 이렇게 말한다.

"신중한 사람은 자신의 운명을 창조합니다."

의사가 숙모의 생명을 구했다면 그것은 단지 자연의 규칙을 따른 것일 뿐이다. 그는 그저 운명에 순응한 것뿐이란 뜻이다. 숙모가 병이 든 것도, 의사가 그 마을에 살고 있었던 것도 모두가 숙명인 것이다. 그래서 숙모는 의사를 부를 수 있었고 의사 역시 운명적으로 숙모의 병을 고칠 수 있었던 것이다.

하다못해 우박이 떨어지는 순간을 직접 목격하는 것도

마찬가지다. 대단한 우연이라도 만난 것처럼 신기해 할 일이 아니다. 우박이 그날 그 지점에 떨어진 것은 이미 정해진 운명이니까 말이다.

사람들은 필연을 두려워한다. 그래서 그것을 온전히 믿으려고 하지 않는다. 우리는 필연을 인정해야 한다.

누군가는 당신에게 이렇게 말할 것이다.

"운명을 믿지 마라. 운명을 따르게 되면 재산도 명예도 모두 당신에게는 관심 밖의 일이 될 것이다. 나아가 운명은 당신을 아무 힘도 없는 초라한 존재로 만들어 버리고, 당신의 재능은 차츰 사라져버릴 것이다."

하지만 나는 운명을 두려워할 필요가 없다고 생각한다. 운명은 우리의 열정과 편견까지도 지배한다. 우리는 사람의 재능과 능력이 우리의 힘으로 만들어지는 것이 아니라는 사실을 알고 있다. 이성적으로는 허영심을 버려야 한다는 것을 알면서도 현실적으로는 허영심을 버리지 못하는 것조차 어쩌면 우리의 운명인지도 모른다. 그러므로 우리에게는 운명을 자연스럽게 받아들이는 자세가 필요하다.

부엉이가 꾀꼬리에게 짜증을 냈다.

"너, 나무에서 노래 좀 부르지 마. 시끄러워 죽겠거든. 또 그랬다가 나한테 걸리면 당장 잡아먹어 버릴 줄 알아!"

꾀꼬리가 대답했다.

"나는 여기에서 노래하고 너를 비웃으라고 태어난 건데 어쩌라고? 그게 내 운명인걸."

✛ 운명은 변화무쌍한 도깨비와 같다. 항상 당신이 의식하지 못하고 있을 때 당신 앞에 나타나니 말이다. 운명은 불안정한 특성을 가지고 있고, 생명은 변화의 연속이다. 생명은 변화하는 상태에서만 존재한다. 변하지 않고 머물러 있는 곳에서 생명은 자랄 수 없는 것이다.

하지만 생명의 변화를 소극적으로 받아들이기만 해서는 안 된다. 생명의 최대 걸림돌은 무관심과 의욕상실이다. 그러므로 우리는 생명이 어떻게 변화하더라도 열정을 가지고 생명을 껴안아야 한다. 한 방울의 물이 바다로 흘러가는 것을 보면서, 번데기가 아름다운 나비로 변화하는 생명의 신비를 보면서 우리는 살아갈 힘을 얻어야 한다.

✛ 운명을 믿지 않는 사람은 이렇게 말한다.

"운명은 사람이 만드는 것이다. 그러므로 모든 사람은 운명의 설계자이다."

운명을 믿는 사람은 이렇게 말한다.

"운명은 이미 정해져 있다. 운명을 거부하지 말고 순응해라."

덕행

덕행이란 무엇일까?

덕행은 남을 배려하는 태도이다.

스스로 일을 잘 처리하는 것 말고 또 다른 어떤 행동을 덕행이라 할 수 있을까?

가난한 사람을 위해 기꺼이 주머니를 털어주고, 어려운 사람을 위해 힘이 되어주고, 누군가에게 속고 있는 사람에게 진실을 말해주고, 푸대접 받은 사람을 위로해주고, 어려운 문제로 고민하는 사람을 도와 해답을 찾아주는 행동, 그런 것이 바로 덕행이다.

자제력이 있다면 더욱 덕을 실천하기 좋다. 자제력은 몸을 더욱 건강하게 해주기 때문이다. 믿음과 덕망이 있으면 더욱 덕을 실천하기 좋다. 믿음과 덕망은 몸의 건강뿐 아니라 마음의 평화도 가져다주기 때문이다.

하지만 신중한 말과 행동은 자신의 인성을 높여줄 뿐, 남을 배려하는 선행이나 덕행이라고 보기에는 부족하다. 즉, 인품과 덕성을 갖춘 자만이 인류에게 행복을 가져다 줄 수 있는 것이다.

우리는 모두 사회생활을 한다. 당연히 사회 전체에 이익이 되는 일을 덕행이라 할 수 있을 것이다. 자제력이 높은 사람은 건강을 위해 음식을 조절하고, 절약하기 위해 낡은 옷을 마다하지 않는다. 또한 그런 사람들은 성실하고 자신감도 넘친다. 그리고 아마 그런 사람들은 신앙심도 깊을 것이다. 하지만 그렇다고 해서 그런 사람들을 무턱대고 덕망 있는 사람이라고 말할 수는 없다. 그들의 선한 행동이 반드시 남에게 도움이 되어야만 비로소 그것을 덕행이라고 할 수 있기 때문이다.

고독을 즐기는 자는 남을 해치지도 않지만 남을 돕지도 않는다. 이 사회에서는 전혀 쓸모없는 사람이나 마찬가지인 셈이다. 덕행은 자기 자신뿐만 아니라 남에게도 도움이 되는 행동이어야 한다. 다른 사람을 위해 선행을 베풀지 않는 사람을 덕망 있는 사람이라고 할 수는 없다.

신앙심이 깊은 사람들이 인류사회를 기반으로 생활한다면 분명히 다른 사람에게 행복을 나눠줄 수 있을 것이다. 하지만 그들이 인류사회와는 동떨어져 그저 신에게만 집착한다면 그들을 덕망 있는 사람이라고 할 수 없다. 그저 자기 자신에게만 통하는 선행은 우리 사회에서는 전혀 쓸모가 없는 것이다.

누군가 혼자 문을 걸어 잠그고 그 안에서 먹고 마시며

방탕한 생활을 일삼는다면 그는 당연히 덕행과는 거리가 먼 사람이다. 그렇다면 이런 사람과 상반된 사람을 덕망 있는 사람이라고 할 수 있을까? 나는 동의할 수 없다. 하지만 혼자서 방탕한 생활을 하는 것이 사회를 망치는 행위라고 비난할 수도 없다. 다시 말해, 사회에 악영향을 끼치는 행동을 하는 인간은 사회악이라 할 만큼 못된 놈이지만, 혼자서 방탕한 생활을 하는 사람은 그저 몹쓸 녀석 정도라고 표현해야 할 것이다.

음식을 자제하며 청렴결백하게 사는 은자(隱者)는 분명히 좋은 사람이라고 할 수 있겠다. 왜냐하면 적어도 은자는, 계속해서 악행만이 증가하고 미덕이 줄어드는 현실에서 악행을 더 늘리고 있지는 않으니까 말이다.

✚ 덕행은 타인에게서 구현되는 아름다운 인품이다. 덕망을 갖춘 사람은 마음의 평화를 얻을 뿐만 아니라 타인의 존경도 받게 된다. 레오나르도 다빈치 역시 "덕행의 명예는 재산의 명예보다 훨씬 높다."라고 말했다. 덕행은 향긋한 차이고, 온 세상에 향기를 퍼뜨리는 아름다운 꽃이다. 덕행은 우리의 기분을 상쾌하게 하고 마음속에 덕행이 가득하면 온갖 더러움과 사악함이 사라지고 생명이 영원히 마르지 않는다.

덕행을 실천하다 보면 우리는 변화무쌍한 사회에서 자신의 신념을 지킬 수 있고, 비바람 속에서도 나아가야 할 방향을 잃지 않을 수 있다. 덕망이 가득한 마음에는 희망의 원천이 마르지 않으며, 덕행으로 가득 찬 생명은 산처럼 꿋꿋하고 바다처럼 넓고 깊다.

성장 중인 학생들은 자기의 인생을 결정하고 덕행을 실천해야 한다. 그렇게 해야 건강한 토양에서 햇빛과 비와 이슬을 맞으며 아름답게 성장할 수 있다.

✚ 덕행은 한밤중에 떠오른 밝은 달과 같다. 스스로 밝게 빛나면서 어두운 밤을 밝게 비추어 행인들에게 길을 안내한다. 또한 덕행은 인격의 고귀함과 인간의 존엄성을 대변한다. 자기 자신만을 사랑하는 사람을 덕망을 갖춘 사람이라고 볼 수는 없다. 덕망을 갖춘 사람은 자신의 내면의 빛으로 자신은 물론이고 다른 사람까지도 밝게 비춰줄 수 있어야만 하기 때문이다.

사치

인류는 2000년 전부터 문학을 통해 사치를 비난해 왔다. 하지만 사람들은 여전히 사치를 즐긴다. 일찍이 로마인은 볼스키 족과 삼니움 족의 가난한 마을을 침략해 쑥대밭을 만들고 농작물을 약탈해 자신들의 배를 채웠다. 이 사건에 대해 사람들은 갖가지 견해를 보였는데, 그 가운데에는 이런 견해도 있다.

"로마인은 욕심 없는 도덕적인 사람들이다. 식량 말고 다른 금은보화는 훔치지 않았으니까."

하지만 로마인이 침략했던 그 곳은 애초에 금은보화라곤 없는 땅이었다. 그곳 숲에는 메추리도 꿩도 없었다. 그런데도 로마인의 약탈이 가혹하지 않았다고 말하는 사람들이 있는 것이다.

로마인은 아드리아 해부터 유프라테스 강까지 계속 침략해 나갔다. 그들은 그렇게 약탈한 농작물로 700~800년 동안이나 호의호식하며 지냈다. 먹을거리 걱정이 없어지자 로마인들은 예술을 발전시키고 갖가지 오락과 유희를 즐겼다. 그러면서 그들은 당당하게 선심이라도 쓰는 것처럼 식민지 민족들에게 자신들의 문화를 전파했다.

이러한 침략과 약탈은 다음과 같은 사실을 증명할 뿐이다. 한 명의 도둑은 감히 자신이 훔친 밥을 마음 놓고 먹을 수 없고, 자신이 훔친 옷도 입을 수 없고, 자신이 훔친 반지도 끼지 못한다. 하지만 개인이 아닌 도둑 집단 패거리들은 다르다. 도둑 패거리들은 아무 거리낌 없이 훔쳐온 물건들을 먹고 입고 사용한다.

솔직히 수많은 영국 해군이 퐁디셰리(Pondicherry, 인도 남동부에 위치한 곳으로 1761년에 영국의 식민지가 됨)와 아바나(Havana, 쿠바의 수도)를 침략해 돈을 벌고, 아시아와 아프리카에서 약탈해 온 물자로 런던에서 호화롭게 생활했던 것도 마찬가지다.

그리고 그리스는 과연 스파르타가 꼭 필요했을까? 스파르타에는 데모스테네스도, 소포클레스도, 아펠레스도, 페이디아스도 살지 않았는데 말이다.

아테네의 사치는 각양각색의 사람들을 만들어 냈다. 그래서 스파르타에는 군사 전문가라는 새로운 직업도 생겨났다. 군사 전문가는 그리스 도시 국가의 수만큼이나 많았다. 그리고 권력을 장악한 자들은 소공화국을 계속해서 핍박했다. 하지만 소공화국 국민들은 궁핍한 생활에서 도망칠 수도 없었다.

캐나다 원주민은 영국과 마찬가지로 1년에 5만 기니 정도의 높은 수입을 올리며 노년까지 풍족하게 살았다. 하지만 캐나다 원주민이 아닌 이로쿼이(Iroquois, 뉴욕에 살던 인디언) 족은 영국인과 비교 대상도 못 된다.

라구사 공화국과 추크슈피체 공화국은 사치와 낭비를 금지하는 법률을 제정했다. 가난한 사람은 지출이 수입보다 많을 수밖에 없으니 가난한 사람들을 위해서 사치 금지법은 꼭 필요한 법률이었다. '사치는 소국을 멸망시키고 대국을 더욱 부유하게 만든다.' 어딘가에서 들은 말인데 정말로 맞는 말이다.

지나친 사치는 잘못된 것이라는 사실은 누구나 다 알고 있다. 하지만 사치뿐 아니라 금욕과 탐식과 절약도 너무 지나치면 오히려 해가 된다.

예를 들어, 우리 마을의 토지는 점점 황폐해져 갔고, 세금은 갈수록 무거워졌다. 게다가 보리 수출금지 명령까지 겹쳐 농민들은 정말로 힘든 나날을 보내고 있었다. 그런데 이런 어려운 상황에서 우리 마을 농민들이 파마를 하고 화장을 하고 흰 삼베옷을 입고 농사를 짓는다면 이것은 정말 눈꼴사나운 사치이다. 하지만 반대로 파리나 런던 같은 대도시에 사는 사람들이 농사를 짓는 사람처럼 옷을 허름하게 입는다면 그것 역시 눈꼴사납게 인색한 것이다. 그러므로 모든 일에는 한도가 있어야 한다. 선행과 덕행 역시 모자라서도 안 되지만 지나치게 넘쳐서도 안 된다.

가위가 그렇게 오래된 물건은 아니지만, 가위가 처음 발명되었을 때는 필요 없는 사치품 취급을 받았었다. 당시에 익숙하지 않은 물건을 사용하다가 실수로 눈 아래로 흘러내린 머리카락을 자르게 된 사람들은 주변 사람들의 손가락질을 받았다. 앞머리를 자른 그 사람들은 부잣집 난봉꾼이나 방탕한 사람 취급을 당해야만 했었다. 많은 돈을 주고 쓸데없는 물건을 사서 조물주가 준 귀한 몸을 망쳤다는 비난이 쏟아졌던 것이다. 그 당시 가위는 조물주를 모욕하는 대역 죄인이나 마찬가지였다.

와이셔츠와 양말이 처음 나왔을 때는 더 심했다. 와이셔츠와 양말을 입거나 신어보지 못했던 노인들은 이것을 보고 무척 화를 냈다. 하지만 목숨을 걸고 이런 사치품을 사수한 젊은 행정관 덕분에 와이셔츠와 양말이 계속 생산될 수 있었다. 이런 기발한 아이디어를 생각해 내기는 쉽지 않다. 그러므로 그런 것들은 마땅히 사치와는 구별되어야 한다.

✚ 사람들은 천성적으로 사치를 좋아한다. 이런 천성 때문에 우리는 항
   상 불안한 상태에 놓이게 되는 것이다. 인류 초기에 사치라는 것은
   없었다. 물질문명과 정신문명이 고도로 발전하면서 사치의 유혹이
   점점 증가한 것이다. 또한 지나치게 향락을 추구하는 사상이 사치 풍
   조를 조장했다.

   모든 일에는 규칙이 필요하다. 한도를 넘어서면 부작용을 일으키기
   쉽기 때문이다. 하지만 지나치게 절제하느라 새로운 사물의 성장을
   막을 필요는 없다.

✚ **모든 일에는 한도가 있어야 한다. 선행과 덕행 역시 모자라서도 안
   되지만 넘쳐서도 안 된다.**

편견

편견이란 판단력을 상실한 상태를 말한다. 모든 사람은 편견을 갖고 있다. 편견은 때에 따라 미덕이 되기도 한다. 아이들에게 상 받을 일과 벌 받을 일을 구별시키고, 부모를 공경하도록 가르치는 것은 편견을 심어주는 것이지만 이것은 우리 사회에서 꼭 필요한 미덕이다. 아이들이 미덕과 악행을 이해하기 전에 소매치기가 범죄행위라는 것을 미리미리 알려주는 것, 자신의 이익을 위해 거짓말을 하는 것은 잘못이라는 사실을 가르치는 것 역시 미덕이 되는 편견이다. 어른들은 아직 옳고 그름을 판단할 수 없는 어린아이가 그릇된 편견을 갖지 않도록 아이들에게 다양한 생각을 전달해야 한다.

순수한 감정은 편견이 아니다. 엄마가 자기 아이를 사랑하는 감정은 누군가 엄마에게 아기를 사랑해야 한다고 가르쳤기 때문에 생긴 편견이 아니다. 엄마의 사랑은 편견이 아니라 저절로 생겨난 순수한 감정인 것이다. 깊은 연못에 빠진 사람을 구하는 것이나 사나운 짐승에게서 아이를 구하는 것 역시 편견이 아닌 자연스러운 감정이다.

하지만 부모의 가르침이 아이에게 편견을 심어줄 수도

있다. 예컨대 어린아이가 의사를 존경하는 것은 자연스러운 감정이 아니라 흰 가운을 입은 사람을 존경해야 한다는 부모의 가르침 때문에 생긴 편견이다. 하지만 걱정할 필요는 없다. 아이가 자라 그 의사가 오만하고 가식적이며 이기적인 사람이라는 사실을 알게 되면, 그동안 아무리 존경해 오던 의사라도 그때부터는 그를 경멸하게 될 테니 말이다. 이렇듯 정확한 판단이 서면 편견은 자연스럽게 사라진다.

어린 시절 들었던 동화를 사실로 믿었던 아이도 스무 살이 넘으면 당연히 그 동화를 현실이 아닌 재미난 이야기로 받아들이게 된다. 편견은 판단력이 모자랄 때 생기는 편파적인 견해이기 때문이다.

편견은 종종 다른 사람의 판단에 영향을 끼친다. 또한 자기의 편견을 고집하다 보면 결국 편집증에 이르기도 한다. 하지만 정확한 판단을 거친 다음에는 자연스럽게 편견이 사라지기도 한다. 그러므로 편견은 때때로 정확한 시각을 갖도록 도와주기도 한다.

✚   편견을 계속 고집하다 보면 편집증으로 발전할 수도 있다. 편견을 가진 사람은 세상에 대해 비뚤어진 시각을 갖게 되고, 아울러 이런 편집증은 잘못된 의식을 갖도록 부추긴다.

✚ 편견은 판단력이 모자랄 때 생기는 편파적 견해이다. 아이들이 편견
   을 가지는 것은 부모가 편견을 갖고 있기 때문이다. 하지만 아이들이
   자라 판단력이 생기면 편견은 곧 사라질 것이다.

우정

우리는 우정과 사랑, 그리고 존경을 강제로 얻을 수 없다는 사실을 잘 알고 있다.

누군가를 사랑한다는 것은 그를 돕겠다는 것을 의미한다. 하지만 상대가 계속 당신을 짜증나게 한다면 당신은 점점 그와 어울리고 싶지 않을 것이다. 상대가 허풍이 심하다면 당신은 점점 그와 대화를 나누고 싶지 않을 것이다. 상대가 낭비가 너무 심하다면 당신은 그에게 돈을 빌려주고 싶지 않을 것이다. 우정은 영혼의 혼인이라 할 수 있다. 그러므로 당연히 이 혼인은 깨질 수도 있다.

또한, 우정은 감정의 교류이며 도덕적인 사람들 사이의 암묵적인 약속이다. 여기서 왜 하필이면 감정이라고 말했을까? 왜냐하면 서로 다른 감정을 가진 사람끼리는 우정을 쌓을 수 없기 때문이다. 예를 들어, 행실이 바른 선비와 고독한 사람은 함께 못된 짓을 저지를 일도 없지만 절친한 친구 사이가 되기도 어렵다.

그럼 왜 도덕이라고 말했을까? 왜냐하면 도덕적이지 못한 사람에게는 공모자만 있을 뿐 진정한 친구는 없기 때문이다. 주색에 빠진 무리에게는 술친구밖에 없고, 이익만 따지는 사람에게는 동업자만 있을 뿐이다. 철새 정치인에게는 정당원밖에 없고, 왕자에게는 아첨하는 신하만 있을 뿐이며, 빈둥거리는 자에게는 그와 똑같은 사람만이 곁에 있기 때문이다. 즉, 오직 도덕적인 사람 곁에만 진정한 친구가 있는 법이다.

온화하고 공정하며 청렴한 마음끼리의 약속에는 더 이상 구체적인 내용이 필요 없다. 이런 도덕적 약속은 그저 감정의 깊이와 우정의 두께만을 바라보고 판단할 뿐이다.

아랍 사람들은 자신을 칭찬하는 것보다 더 열렬하게 친구를 칭찬한다. 그래서 아랍 소설 속에 등장하는 우정은 사람을 크게 감동시킨다. 현실 속 우정은 그다지 감동적이지 않다는 것이 좀 애석하지만.

✚ 우정은 이익을 떠난 평등한 인간관계를 말한다. 두 사람 사이에 금전이 개입되면 둘의 관계는 좋게 말해서 그저 동업자일 뿐이다.

겉으로 보기에 무척 친해 보인다고 해서 그들이 반드시 친구인 것은 아니다. 두 사람이 모두 도덕적이어야만 진정한 친구가 될 수 있다. 진정한 친구가 있다는 것은 매우 행복한 일이다. 하지만 진정한 친구를 찾는 것은 무척이나 어렵다.

우정은 하느님이 인류에게 준 가장 아름다운 선물이다. 더 많은 사람과 교제하고 함께 비바람을 맞으며 함께 걱정하는 우정을 만들면 인생이 더욱 따뜻해질 것이다.

✚ 우정은 매우 가치 있는 덕목이다. 친구란 평소에는 당신이 초대해야만 찾아오지만, 당신이 역경에 처해 있을 때에는 초대하지 않아도 벌써 당신 곁에 와 있는 사람이다.

샤를 보들레르

Charles Pierre Baudelair

가난한 자의 눈빛

내가 당신을 미워하는 이유를 굳이 알려고 하지 마라. 당신이 알아내기 전에 내가 직접 말하는 것이 낫지 않겠는가?

당신은 우리가 함께 걸어온 세월이 매우 길었다고 느낀다. 하지만 나는 이제 막 걸음을 내디뎠다고 느낀다. 우리는 서로를 허락했고 같은 생각을 했으며, 두 영혼이 하나라고 믿었다. 이렇게 꿈을 꾸는 것은 당연한 것이다. 모두가 이런 꿈을 꿀 것이다. 하지만 다들 그 꿈을 실현하지는 못했다.

당신은 낭만적이다. 그래서 지금 몹시 피곤하지만 얼음같이 차가운 밤공기도 아랑곳하지 않고 커피숍 밖에 있는 테이블에 자리를 잡는다. 커피숍 실내 장식이 아직 완벽하지는 않지만 나름대로 미완성의 아름다움이 엿보인다.

커피숍 안은 매우 눈부시다. 밝은 조명이 새로 영업을
시작하는 커피숍 안에서 강한 에너지를 내뿜으며 벽과 거
울, 처마 밑의 도금장식을 비추고 있다. 또한, 커피숍의 실내
장식도 굉장히 독특하다. 벽에는 시종에게 꽉 묶여 끌려가
는 개와 귀부인의 웃음거리가 된 매가 그려져 있고, 선녀와
여신은 각각 과일과 사냥한 짐승을 머리에 이고 있다. 그리
고 헤베(Hebe, 그리스 신화에 나오는 청춘의 여신) 여신과 가니메
데스(Ganymedes, 그리스 신화에서 제우스의 술시중을 드는 미소년)
는 팔을 뻗어 수정으로 만든 오색찬란한 쟁반을 받쳐 들고
있다.

이렇게 역사와 신화가 합쳐진 벽화는 탐식하는 자들의
낙원처럼 장식되어 있다. 그런데도 당신은 지나가는 사람
들의 눈에 띄기 위해 아름다운 실내를 뒤로 하고 밖에 있는
자리에 앉는 것을 선호한다.

우리는 길 건너편에 서서 이곳을 바라보고 있는 사람들
을 보았다. 그들은 아마도 아버지와 아들인 것 같았다. 마흔
살 정도 되어 보이는 초췌한 아버지는 어린 아기를 안은 채
다른 한 손으로 큰 아이의 손을 잡고 있었다. 아마 보모를
대신해서 아이들을 데리고 산책을 나온 모양이었다. 세 부
자는 모두 낡아빠진 옷을 입고 있었다. 세 사람은 모두 굳은

표정으로 새로 생긴 커피숍을 쳐다보고 있었다. 하지만 세 사람의 느낌은 저마다 다른 것 같았다.

아버지는 '저 커피숍 정말 아름다운걸! 우리처럼 가난한 사람들의 돈이 다 저기로 흘러들어가겠군.' 하고 생각하는 것 같았고, 큰아이는 '우와, 정말 예쁘다! 하지만 우리처럼 가난한 사람들은 저기 들어가 보지도 못하겠지.' 하며 체념하는 것처럼 보였다. 그리고 아기는 그저 신기한 곳을 구경하는 눈빛이었다.

즐거움은 영혼을 아름답게 하고 마음을 온유하게 한다. 적어도 그날 밤만큼은 그런 생각이 들었다. 나는 한 가족의 눈빛에 감동을 받은 동시에 목마름을 채우고도 남을 만큼 큰 술병을 기울이고 있는 나 자신이 부끄러웠다.

나는 고개를 돌려 가난하지만 아름다운 세 부자를 보았다. 나는 당신의 눈에도 나의 이런 감정이 읽히기를 간절히 바랐다. 그래서 나는 내가 본 이 아름다움을 당신에게 보여주려고 애썼다. 하지만 당신은 술에 취한 타락한 지배자의 눈으로 나에게 말한다.

"저런 가난뱅이들은 정말 짜증 나! 당신, 눈 좀 크게 뜨고 봐요. 아직도 시인이랍시고 저 작자들을 쫓아내지 않을 거예요?"

상대방을 이해하는 것은 매우 어렵다. 그것은 나의 사랑, 나의 천사도 다르지 않다.

✚   가난한 사람들의 눈에는 다채로운 세상이 대단히 매혹적으로 보인다. 하지만 그 매혹적인 세상은 그들에겐 도저히 가까이 갈 수 없는 환상의 세계일뿐이다. 사치스러운 세상에서 오랫동안 가난하게 생활한 사람들은 대부분 선량하다. 그들은 사치스러운 세상을 직접 경험해 보지 못했기 때문에 막연한 눈빛을 품고 있다. 그래서 그들의 감각은 생소하고 특이하다. 반면에 부자들은 그런 눈빛을 마주하면서 자신의 신분을 과시하며, 가난한 사람들을 무시하고 멸시한다. 부자가 되려면 모질어야 한다는 말이 있다. 이 말은 가난한 사람은 선량하다는 말과 참으로 대조적이다. 하지만 앞으로는 가난한 사람의 따뜻한 눈빛이 부자들의 동정심을 일깨울 수 있었으면 좋겠다.

✚   즐거움은 영혼을 아름답게 하고 마음을 온유하게 한다. 상대방을 이해하는 것은 너무 어렵다. 이는 나의 사랑, 나의 천사도 다르지 않다.

라로슈푸코

François de La Rochefoucauld

———

사랑을 이야기하다

사랑은 영혼을 지배하려는 열정이며 고통이라고 정의할 수도 있고, 서로 이해하려는 정신이라고 정의할 수도 있다. 다른 열정과 뒤섞이지 않는 순수한 감정이 있다면 그것이 바로 사랑이다. 사랑은 오랫동안 숨길 수 없으며, 과정이 아닌 결과를 기준으로 판단하는 사랑은 미움이나 마찬가지이다.

사랑은 단 하나의 모습을 하고 있지만, 수천수만 가지의 복사본이 있다. 또한 사랑은 횃불과 같아서 계속 불을 지피지 않으면 꺼져버린다. 즉 희망이든 두려움이든 그것이 멈추는 순간 사랑도 생명을 다하게 되는 것이다. 사랑은 상대의 새로운 점을 발견하려고 부단히 노력하는 것이다.

사랑은 의지가 강해서 절대로 변하지 않을 것 같지만 사실은 굉장히 변화무쌍하다. 그래서 우리는 상대의 마음이 변하지는 않을까 계속 주시하게 되고, 자신의 마음을 지키기 위해 상대에게 의존한다. 사랑에 빠진 사람들은 늘 노심초사하며 상대방의 마음을 확인하려 한다. 하지만 아무리 단속을 해도 사랑은 어느새 편애로 바뀌고 어느새 또 다른 감정으로 변해버린다.

사람들은 영원히 변하지 않는 사랑을 꿈꾸지만 사랑에 있어서만큼은 아는 게 병이고 모르는 게 약인 경우가 훨씬 많다. 사랑에 빠진 상태에서는 상대방의 단점이 눈에 들어오지 않는다. 그래서 연인들은 헤어지고 나서야 비로소 상대방의 단점을 보게 되는 경우가 많다. 사랑과 현명함은 공존하기 어렵다. 사랑이 깊어질수록 현명함은 줄어든다.

사랑에 빠지거나 사랑을 멈추는 것은 자유의지로 되는 것이 아니다. 그러니 연인들은 서로 상대방의 변심을 원망할 권리가 없다. 사랑에 염증을 느끼게 되면 자신의 의무를 벗어던지기 위해 상대의 무성의함도 쉽게 용서한다. 사랑에서 벗어나는 것은 사랑을 얻는 것보다 훨씬 더 어렵다.

작은 사랑을 실천하는 것이 더 큰 사랑으로 이어지는 가장 확실한 방법이다.

✚ 나의 눈빛은 당신 마음의 두터운 장벽을 뚫고 당신 마음속 깊은 곳의 가장 아름답고 가장 뜨거운 곳에 이른다. 나의 눈빛은 당신의 두 눈동자를 지나 깊은 호수 밑으로 떨어진다. 그러면 당신은 우리의 감정이 서로 똑같다는 것을 알게 된다. 가슴이 두근거리고 모든 것이 다시 시작된다. 이것이 바로 사랑이다.

행복이 복제될 수 없는 것처럼 사람들은 저마다 자신만의 사랑의 방식을 가지고 있으며, 그것은 생활태도나 세상을 바라보는 시선을 통해 겉으로 드러난다. 그러므로 비바람을 만났을 때 겉으로 드러나는 인격과 의지는 사랑을 가늠하는 척도가 된다. 어쨌든 사랑은 두 사람 마음 사이에서 오고가는 승낙과 맹세이다.

✚ 사랑은 횃불과 같아서 계속 불을 지피지 않으면 꺼져버린다. 즉, 희망이든 두려움이든 그것이 멈추는 순간 사랑도 생명을 다하게 되는 것이다.

파스칼

Blaise Pascal

사랑에 관한 사유

사람의 정신에는 강하면서도 부드러운 부분이 있는데 이것이 바로 사랑이다. 강하면서도 부드러운 사랑의 감정은 순수하고 고상하다. 그래서 여자들은 이런 사랑의 감정을 만날 수 있기를 간절히 바란다.

인간의 정신은 생각보다 쉽게 피로를 느끼고 금세 쇠약해진다. 그래서 더욱 사랑의 기쁨이 영원하기를 바라지만, 곧잘 사랑의 필요성을 망각한다. 사랑을 잃게 되면 정신은 점차 흐려지고 행동도 따라가게 된다. 결과적으로 인간의 본성이 비참하게 망가지는 것이다.

자신의 감정을 표현할 용기가 부족할 때 사랑의 기쁨은 고통이 되기도 한다. 다른 방면에서는 매우 훌륭한 사람도 사랑에 있어서는 미련할 때가 많다. 그들은 이런저런 생각만 하다가 사랑하는 사람과 이야기를 나눌 기회조차 만들지 못하고 시간을 낭비해버린다.

연애를 할 때 사람들은 이전의 자신과는 전혀 다른 사람이 되기도 한다. 그러나 이보다 더한 잘못은 없다. 이것은 이성이 감정에 속아 판단력을 잃고 흔들리는 것이기 때문이다.

오랫동안 사랑을 추구하는 사람은 감수성이 예민한 사람이다. 반대로 사랑을 기다리지 못하는 사람은 감정이 메마르고 거친 사람이다. 감수성이 예민한 사람은 사랑을 오랫동안 지속해 사랑의 기쁨을 더 많이 얻지만, 감정이 메마르고 거친 사람은 급하고 자유분방한 사랑을 하기 때문에 그들의 사랑은 일찌감치 막을 내린다.

사랑을 할 때는 말을 많이 하는 것보다 어느 정도 침묵하는 것이 더 효과적이다. 간결한 말로 마음을 전하는 것이 상대에게 더 좋은 인상을 줄 수 있기 때문이다. 그래서 침묵이 더욱 설득력이 있다. 사랑에 빠진 남자는 말을 굉장히 공손하게 하고, 자기 일뿐만 아니라 다양한 방면에서 마음껏 능력을 발휘한다. 바로 이런 남자들의 모습을 여자들이 좋아하는 것이지, 결코 말재주에 현혹되는 것이 아니다.

사랑에 빠지는 데는 일정한 규칙이 없다. 또한 사랑은 심사숙고한다고 해서, 사전에 철저히 계획한다고 해서 되는 게 아니라 타고난 재능으로 자연스럽게 이루어지는 것이다.

연애를 할 때 재산, 부모, 친구 등 모든 것이 안중에 없는 사람이 있다. 나는 그런 사람들을 이해한다. 마음속 깊은 곳에 자리 잡고 있는 사랑 때문에 애인 말고는 다른 아무 것도 돌볼 겨를이 없을 수도 있기 때문이다. 사랑은 우리의 정신도 통제할 수 있기 때문에 온갖 걱정이나 고통도 막아낼 수 있다.

열정이 부족한 사랑은 아름답지 않다. 그래서 열정적인 연인들은 세상 소문을 마음에 두지 않으며, 자신들의 행동이 정당하다는 것을 알기 때문에 더욱 열정적으로 사랑한다.

진정으로 위대한 영혼은 사랑의 경험이 많은 영혼이 아니라 강렬한 사랑을 하는 영혼이다. 진정으로 위대한 영혼만이 강렬하고 뜨겁게 사랑할 수 있다.

✦ 사랑은 생명의 불꽃이다. 사랑이 있어야만 생명을 태울 수 있다. 사랑은 그릇이다. 사랑이 있어야만 더 많은 희망의 샘물을 담을 수 있다. 누군가를 사랑하는 것은 두 개의 마음이 만나 아름다운 불꽃을

일으키는 것이다. 마음속으로 자신의 사랑이 환상이 아니기를, 순간이 아니기를, 특별한 예외이기를 기도하며 기뻐하는 것, 그것이 바로 사랑이다.

누군가를 사랑하는 것은 그것이 거짓이고 순간이라도 아랑곳하지 않고 계속해서 상대에게 마음을 주는 것이다. 지금 이 순간이 꿈일지라도, 이 꿈이 산산조각이 날지라도 자신의 영혼이 분열된다고 해도 온 마음을 다해 자신의 사랑을 전하는 것이다.

누군가를 사랑하는 것은 그를 원망하면서도 그를 생각하는 것이다. 그를 얕잡아 보면서도 그를 동경하는 것이다. 다시는 안 볼 듯 돌아섰다가도 다시 전화를 해서 그를 찾는 것이다.

누군가를 사랑하는 것은 한 번도 시를 써 본 적이 없는 당신에게 시를 쓰게 하는 것이다. 또한 간절한 마음으로 전화를 기다리는 것, 당신의 안부가 아름다운 꽃 한 송이와 짝이 되기를 바라는 것, 천둥 번개가 몰아치는 날에 당신의 강한 팔뚝이 그녀를 지켜주기를 바라는 것, 함께 무대에서 춤을 추며 아름다운 밤을 보내기를 바라는 것, 늙고 병들었을 때 서로 바라보며 웃을 수 있기를 바라는 것, 근심 걱정으로 마음이 답답한 밤에 사랑하는 사람이 하늘에서 내려오는 상상을 하는 것, 이것이 바로 사랑이다.

✚ 사랑은 입에 발린 말 몇 마디가 아닌 변함없는 행동으로 묵묵히 표현하는 것이다.

진정으로 위대한 영혼은 사랑의 경험이 많은 영혼이 아니라 강렬한 사랑을 하는 영혼이다. 진정으로 위대한 영혼만이 강렬하고 뜨겁게 사랑할 수 있다.

2장

영국

프랜시스 베이컨

Francis Bacon

———

화

화는 언제 어디서든 예고 없이 불시에 찾아든다. 그래서 절대로 화를 내지 않는다는 것은 현실적으로 거의 불가능하다. 하지만 함부로 화를 내서 더 큰 화를 부르지 않도록 주의해야 한다. 아무리 화가 나도 죄를 지을 정도로 마구 화를 내지는 마라. 또한 화가 났다고 해도 온종일 기분 상해 있지 마라. 화를 내더라도 정도껏 내고 금세 풀어야 하는 것이다.

다음 세 가지 문제에 대해서 생각해 보자.

첫째, 화가 나지 않도록 하려면 자신을 어떻게 컨트롤해야 할까?

둘째, 화를 낸 다음에는 어떻게 해야 나쁜 결과를 초래하지 않을 수 있을까?

셋째, 다른 사람이 화를 낼 때 어떻게 해야 화를 풀어줄 수 있을까?

화를 내기 전에 먼저, 자신이 화를 낸 뒤의 상황이 어떨지 미리 냉정하게 생각해 보는 것이 좋다.

세네카(Seneca, 로마 철학자, 정치인)는 이렇게 말했다.

"화는 무거운 물건과 같다. 둘 다 어디에 떨어지든지 그곳을 쑥대밭으로 만들어 버린다."

성경에서는 이렇게 가르친다.

"참을성이 부족하면 영혼을 잃기 쉽다. 영혼을 안정시킬 수 있는 것은 오직 인내뿐이다."

우리는 절대로 꿀벌처럼 되어서는 안 된다. 적을 쏘기 위해 생명을 송두리째 바치는 것보다 더 어리석은 일은 없다.

쉽게 화를 내는 것은 소양이 부족한 탓이다. 누군가 당신에게 심하게 화를 내더라도 그냥 한 귀로 듣고 한 귀로 흘리며 무시해라. 그리고 어쩔 수 없이 화를 내게 될 때는 두려워하지 마라. 그래야 자제력을 잃지 않고 상대보다 우위를 점할 수 있다. 자신감이 넘치는 사람은 이렇게 행동할 수 있을 것이다.

아래 세 가지 경우의 사람들은 비교적 쉽게 화를 낸다. 신경이 예민한 사람은 정신력이 약해서 사소한 일에도 쉽게 자극을 받는다. 그래서 화를 내는 경우도 잦다. 또, 다른 사람에게 무시 받았다고 느끼는 사람 역시 쉽게 화를 낸다. 무시당하는 느낌은 사람의 감정을 상하게 해 분노를 일으킨다. 마지막으로 자신의 명예가 훼손당했다고 생각하는 사람도 곧잘 화를 낸다. 이런 상황을 미리 막기 위해서는 고트발트의 다음과 같은 말을 명심해 두는 것이 좋을 것이다.

"인간의 명예는 매우 굵은 밧줄로 성글게 짠 그물이다."

참을성은 복수심을 가라앉혀준다. 그러므로 때를 기다리며 참는 것은 화를 식힐 수 있는 최고의 기술이다.

화가 날 때는 다음 두 가지를 기억하라.

첫째, 아무리 화가 나더라도 함부로 욕을 퍼붓지 마라. 화를 내면서 욕을 퍼붓는 것은 평소에 불만을 토로하는 것과는 차원이 다르다. 화를 내면서 욕을 퍼붓는 것은 스스로 깊은 원한의 뿌리를 심는 것이나 마찬가지이기 때문이다.

둘째, 아무리 화가 났다고 해도 타인의 비밀을 발설하지 마라. 그렇게 하면 신용을 잃게 된다.

마음속에서 아무리 분노가 끓어올라도 그것을 밖으로 드러내는 행동은 하지 마라. 그랬다가는 감히 상상도 못한 나쁜 결과를 불러올 수 있기 때문이다.

다른 사람의 화를 가라앉히는 방법은 의외로 아주 간단

하다. 먼저 적당한 때를 잘 포착하는 것이 중요하다. 사람은 조급할 때나 기분이 좋지 않을 때 쉽게 화를 낸다. 이런 상황에 처한 사람을 자극하는 것은 손바닥을 뒤집는 것보다 쉽다. 화난 사람의 마음을 가라앉혀 주려면 먼저 적당한 때와 장소를 선택해야 한다.

그리고 그를 화나게 했던 일에 대해 이야기하고 그가 느낀 모욕감을 없앨 방법을 찾아보아라. 이렇게 다른 사람의 상처를 치유하기 위한 행동도 일종의 선행이다. 오해나 흥분 또는 우연한 원인에서 비롯된 화를 풀어주는 값진 선행이다.

✚ 만약 누군가 화를 내면 그것은 고스란히 다른 사람에게 상처가 된다. 그러므로 다른 사람이 나에게 화를 터뜨리는 것을 그대로 참고 넘기는 것은 참으로 어려운 일이다. 하지만 맞대응하지 말고 무시해 버려라. 화를 내는 것은 다른 사람이 지은 죄를 자기가 대신해서 처벌받겠다고 하는 것처럼 멍청한 짓이다.

석양은 금처럼, 밝은 달은 은처럼 반짝이며, 인생의 행복과 즐거움은 밝게 빛나는 해와 달처럼 끝이 없다. 이 행복한 순간에 화를 낼 시간이 어디 있는가? 우리는 하루빨리 화를 다스리는 방법을 배워야 한다.

✚ 우리는 절대로 꿀벌처럼 되어서는 안 된다. 적을 쏘기 위해 생명을 송두리째 바치는 것보다 더 어리석은 일은 없다.

이기심

사람들은 개미의 근면함을 높이 평가한다. 그러나 개미는 꽃밭에 해로운 곤충이다. 이기적인 사람은 자기밖에 모르는 개미와 흡사하다. 다만 그들이 해를 끼치는 곳이 꽃밭이 아니라 사회라는 것만 다를 뿐이다.

남의 방에 불을 지펴 자기 달걀을 삶는다는 말이 있다. 이것이 바로 이기심의 전형이다. 사람이라면 마땅히 이기심과 이타심을 구별할 줄 알아야 한다. 자기의 이익을 모색하느라 다른 사람이나 국가에 해를 끼쳐서는 안 된다.

사람들은 대부분 자기 자신에게는 지나치게 너그럽다. 지도자로서 국가의 이익을 꾀하는 국왕의 이기심은 잘못된 것이 아니다. 하지만 일반 국민의 개인적인 이기심은 다르다. 이기적인 사람들은 자신의 이익에 따라 사실을 왜곡한다. 그래서 재앙을 불러오고 사회를 혼란에 빠뜨리는 것이다.

그러므로 국왕은 인재를 선발할 때, 예리한 눈으로 잘 판단해야 한다. 이기적인 사람들이 공직에 있으면 자신의 사리사욕을 위해 공익을 희생시킨다. 파렴치한 탐관오리가 추구하는 바는 자신의 행복뿐이지만 그 폐해는 온 국민과 국가에 악영향을 끼친다.

　　사실 이기적인 관리는 오히려 국왕의 환심을 사기 쉽다. 자신의 목적을 위해 수단과 방법을 가리지 않고 아부하기 때문이다. 더 이상 우리 사회에서 이기적인 사람이 빛을 보아서는 안 된다. 이기심은 집 안에 구멍을 뚫어 놓고 집이 무너지기 전에 자기 혼자 이사를 가버리는 생쥐 같은 짓이며, 곰을 속여 곰에게 굴을 파게 한 다음 곰을 쫓아내고 자기가 굴을 차지하는 여우 같은 짓이다.

　　이렇게 자기만 중요하고 다른 사람을 사랑할 줄 모르는 사람에게는 미래가 없다. 그들은 호시탐탐 자신의 이익을 위해 타인을 희생시킬 궁리를 한다. 하지만 운명의 여신은 오히려 그들을 희생양으로 만든다. 결국 자기 자신을 위해 아무리 철저하게 계획하더라도 운명의 여신을 자기편으로 만들 방법은 없는 것이다.

✚　　이기심은 인간의 본능에 가까운 욕망이다. 이기심은 탐욕, 질투, 인색, 허영 등 온갖 질병의 온상이다. 이기심이 강한 사람은 다른 사람과 함께 일하는 것을 좋아하지 않는다. 그래서 그런 사람들은 큰 그릇이 되기 어렵다. 소인배들은 자신의 이익을 위해 수단과 방법을 가리지 않는다. 하지만 군자는 욕심을 절제하고 양심에 거리낌 없이 행동하며 성공의 길을 향해 나아간다.

✚　자기만 중요하고 다른 사람을 사랑할 줄 모르는 사람에게는 미래가
　　없다. 그들은 호시탐탐 자신의 이익을 위해 타인을 희생시킬 궁리를
　　한다. 하지만 운명의 여신은 오히려 그들을 희생양으로 만든다.

허영심

이솝 우화에 이런 글귀가 있다.

파리가 군용 차 바퀴에 앉아서 말했다.

"내가 얼마나 많은 흙먼지를 일으켰는지 알아?"

세상에는 잘난 척하는 인간들이 정말 많다. 어쩌다 자신이 참여한 일이 성공을 거두기라도 하면, 그 성공이 모두 자기 덕이나 되는 것처럼 떠벌리고 으스대는 사람들이 얼마나 많은가?

뽐내기 좋아하는 사람들은 다른 사람을 배척하기 마련이다. 남과 비교하지 않고는 자기 자랑을 할 수 없으니 당연히 그렇게 될 수밖에 없다. 또한 자기 자랑하기 좋아하는 사람들은 매우 편협한 사고방식을 갖고 있다. 폭넓은 생각을 갖고 있다면 다른 사람의 장점도 눈에 보일 것이므로 마음대로 자기 자랑을 늘어놓을 수가 없기 때문이다. 또한, 자기 자랑을 일삼는 사람들은 비밀도 잘 지키지 못한다. 그래서 그런 사람들은 사회에서 아무 짝에도 쓸모가 없다. 프랑스에서는 이런 사람들을 빗대 목소리만 크고 성과는 내지 못하는 소인배라고 말한다.

그러나 정치판에서는 이런 성격의 사람들이 확실히 쓸

모가 있다. 왜냐하면 그런 사람들은 다른 사람들을 선동하고 부추길 줄 알기 때문이다. 그래서 이런 사람들을 정치인 옆에 두면 그 정치인의 재능과 덕망을 과장해 명성을 쌓는 데 도움이 된다.

그들은 또 중간에서 이득을 취하는 데도 매우 능하다. 예를 들어 양국을 오가며 교섭을 할 때는 두 명의 국왕을 부추겨 연합군을 만들어 제3국을 쳐들어가게 한다. 더구나 양국을 오가며 상대방의 병력을 과장해서 연합군의 규모를 늘리고 결국 전쟁을 승리로 이끄는 영웅이 되기도 한다.

만약에 그들이 개인과 개인 사이에서 교섭을 할 때에는 양쪽 모두에게 자신을 과대포장해 보여주며 사람들의 환심을 사고 자신의 가치를 높인다. 그 결과 그들은 불만의 목소리를 잠재우고 사실이 아닌 날조된 결과를 얻어내기도 한다.

용기를 필요로 하는 군인에게도 어느 정도의 허영심은 꼭 필요하다. 용기를 내서 일을 하고 좋은 성과를 거두면 명예가 쌓이게 된다. 그래서 명예를 높이고 싶은 사람들은 용기를 발휘하기 마련인데, 허영심은 명예를 쌓는 일에 어느 정도 도움이 되기 때문이다. 그래서 명예를 좇는 군인들에게 약간의 허영심은 활력을 불어 넣어주기도 한다.

허영심이 강한 자들은 배의 돛 역할을 톡톡히 해낸다.

하지만 천성적으로 목소리를 높이지 않는 중후한 사람들은 돛보다 더 중요한 배의 바닥짐 역할을 잘 수행한다. 학계에서도 마찬가지다. 떠벌리기 좋아하는 깃털이 없으면 명성이 하늘로 날아오르는 속도가 매우 느리다. 명예를 중시하는 사람들은 책을 쓰고 논문을 쓸 때 꼭 자신의 이름을 넣는다. 소크라테스나 아리스토텔레스, 갈레노스도 모두 자기 자랑하기를 좋아하는 사람들이었다.

허영심은 확실히 역사에 이름을 남기는 데 도움을 준다. 허영심 강한 사람들이 덕행을 실천하는 이유도 간접적인 보상을 바라기 때문이다. 그렇게 되면 그들의 덕행은 인성이라고 할 수 없다.

페인트를 칠하면 천장을 더 윤기 있게 오래 유지할 수 있다. 허영심은 천장의 페인트와 같다. 하지만 나는 "허영은 노련하게 자신의 말과 행동을 수식한다."라고 한 무시아누스의 말을 인정하지 않는다. 사람을 윤기 있게 오래 유지해 주는 것은 너그럽고 진실한 마음이지 결코 허영심이 아닌 것이다.

아름다움, 우아함, 사과, 양보, 겸허 등을 제대로 절제해 사용하는 것이 진정으로 사람을 빛나게 하는 기술이다. 이런 기술에 대한 묘사 가운데 플리니우스 2세의 말은 매우 재치 있다.

"다른 사람을 칭찬하는 것은 오히려 자기 자신에게 더 좋은 일이다. 그러니 당신과 같은 종류의 장점을 가진 사람이 있다면 그를 더 많이 칭찬하라. 만약 당신이 칭찬한 사람이 당신보다 조금 못하다면, 당신의 장점은 당연히 더 높이 평가된 것이다. 반대로 당신보다 뛰어난 사람을 칭찬하지 않는다면, 그보다도 못한 당신은 영원히 칭찬 받을 가치가 없는 것이다."

철학자들은 자기 자랑하기 좋아하는 사람들을 좋게 평가하지 않지만 우둔한 사람들은 그런 사람들을 부러워하고, 아부꾼들은 사탕발림을 멈추지 않는다. 하지만 정작 중요한 것은 타인의 시선이나 평가가 아니라 자기 자랑에 익숙해지면 자신이 내뱉은 말의 노예가 될 수밖에 없다는 사실이다.

✚ 현명한 사람들은 말한다.
"허영심에 사로잡힌 사람은 명예욕이 매우 강하다. 그리고 그들은 치욕을 가장 두려워한다."
결국 허영심은 체면으로 이어진다. 허영심이 강한 사람들은 자신의 좋은 점만을 드러내려 하기 때문에 사람들은 그들을 싫어한다. 체면만 따지며 살다가는 결국 자기 자신도 잃어버리게 된다. 허영심은 자

유를 박탈하고 타고난 인성을 억압할 뿐만 아니라 사람으로서의 도
리도 잊게 한다.

질투심이 강한 사람은 생판 모르는 남이 성공하는 것은 용납해도,
자기 주변 사람이 잘되는 꼴은 못 본다. 질투는 미움이다. 이런 미움
은 '남의 불행은 나의 행복, 남의 행복은 나의 불행'으로 여기는 못된
심보이다.

✚　　허영심이란 무엇인가? 다른 사람이 당신을 추켜세울 때, 스스로 떳
떳하지 못하면서도 기뻐하는 마음이다.

의심

박쥐가 어두운 곳에서 생활하는 것처럼 의심은 올바른 의식이 자리 잡지 않은 어두운 상태에서 나타난다. 자신도 모르는 사이에 의심이 생겼다면 일단 그것을 풀기 위해서 노력해야 한다. 만약 그것이 안 된다면 의심이 점점 눈덩이처럼 커지지 않도록 주의해야 한다. 의심은 사람의 마음을 어지럽힌다. 의심을 품으면 친구와도 멀어지고 사업도 순탄하게 진행되지 않는다.

의심을 품은 국왕은 폭정을 일삼게 되고, 의심을 품은 남편은 아내를 질투하게 되며, 의심을 품은 지식인은 우유부단해진다. 의심은 머릿속에서 자라는 병균이다. 의심은 천성적으로 매우 용감한 사람에게도 찾아든다. 실제로 영국의 헨리 7세처럼 용감한 사람도 항상 의심을 품고 살았다. 그보다 더 의심이 심한 사람은 없을 정도였다.

용감한 사람들은 아무 이유 없이 무턱대고 사람을 의심하지는 않는다. 그리고 그런 사람들은 원인을 파악하려고 애쓰고 모든 가능성을 조사하기 때문에 의심으로 인한 피해를 크게 입지는 않는다. 천성적으로 겁이 많은 사람들은 쉽게 다른 사람을 의심한다. 그런 사람들은 얼핏 보기에 생각이 깊어서 다른 사람을 잘 이해할 것 같지만 오히려 그 반대이다.

의심을 품은 사람들은 도대체 왜 자기 주변 사람들이 성인(聖人)이 아니라는 사실을 모르는 걸까? 의심받는 사람들이 결국 모두 떠나버릴 것이라는 사실을 정말 모르는 걸까?

설령 자신이 품었던 의심이 모두 사실이라고 해도 우리는 어쩔 수 없이 그 결과를 받아들일 수밖에 없다. 그러므로 결국 의심을 품든 그렇지 않든 결과는 달라지지 않는다. 즉, 의심을 품어봤자 결과를 미리 예상하는 것 말고는 아무런 이익이 없다는 말이다.

의심은 사실에 기초했다기보다는 주로 소문이나 유언비어에 현혹되어 생기게 마련이며, 잘못된 소문에 의해 비롯된 의심은 독침이 된다.

의심을 떨쳐버릴 수 있는 가장 현명한 방법은 사람을 욕심 없이 진심으로 대하는 것이다. 나아가 서로 이해하고 사건의 본질을 정확히 인식하고 서로 더 조심해야 한다. 그러면 의심은 더 이상 힘을 쓸 수 없게 될 것이다. 의심을 풀려면 상대를 더 많이 이해해야 한다. 의심을 마음속에 담아두지 마라.

하지만 인격 형성이 덜 된 사람에게는 이런 방법이 통하지 않는다. 그런 사람들은 일단 의심을 하기 시작하면 쉽게 마음속에 미움을 품고 거짓된 행동을 하기 때문이다.

이탈리아 사람들은 '의심은 진심으로 가기 위한 통행증'이라고 말한다. 의심의 다리를 건너려면 반드시 의심을 풀기 위한 노력이 필요하다. 상대방에 대한 의심을 풀고 자신의 잘못을 깨닫게 된다면 상대의 진심을 보게 될 것이다.

✚   의심은 일종의 유행성 바이러스다. 의심은 편협한 생각에서 자라난다. 의심은 양날의 칼이다. 상대를 해칠 수도 있지만 나 자신을 해칠 수도 있다. 박쥐가 어두운 곳에서 생활하듯 의심은 올바른 의식이 자리 잡지 않은 어두운 상태에서 나타난다.

의심은 마음 한구석에 숨어 있다가 불시에 암흑의 기운을 뻗쳐 인간의 주관적인 의식을 통째로 삼켜버린다. 그러면 인간은 자제력을 잃고, 깊은 암흑의 연못으로 빠져버리고 마는 것이다.

✚   의심을 계속하다 보면 자기 자신의 안전도 보장하지 못할 정도로 눈덩이처럼 불어난다.

의심은 뾰족한 바늘로 다른 사람의 마음도 찌르고 자신의 마음도 찔러 피가 흐르게 한다.

의심은 다른 사람뿐만 아니라 자기 자신도 믿지 못하는 것이다.

마음을 나눌수록 우정은 더욱 커진다

"고독을 즐기는 사람은 신이 되는 것이 아니라 야수가 되는 것이다."

인간 사회를 떠나 산속으로 들어가 야수처럼 생활하기를 원하는 사람은 결국 신의 경지에 이르는 것이 아니라 야수로 전락하게 된다는 뜻이다. 그것은 현실이 아닌 곳에서 고상한 생활을 하겠다는 것이나 마찬가지이기 때문이다. 고대의 노먼과 아이피먼디스, 아이피커라스, 아폴로니우스 역시 모두 이런 사람들이다.

세상에는 고독을 선택하는 사람들도 있다. 하지만 그것은 그들이 천성적으로 고독한 생활을 원해서 그런 것이 아니라 우정이나 사랑이 가득한 곳에서 생활해 본 경험이 없기 때문이다. 이런 고독은 "도시는 광야와 같다."라는 고대 라틴 속담에서도 엿볼 수 있다. 도시 속에 갇힌 우리의 얼굴은 한 장의 그림처럼 무의미하고 우리의 말 역시 잡음에 지나지 않는다. 그래서 사람들은 고독에 빠지고 마는 것이다.

고독과 싸워 나가기 위해서 우정은 우리 인생에서 더없이 중요하다. 진정한 친구가 없는 사람의 인생은 그야말로 고독 자체이다. 또한, 우정이 없는 사회는 사막처럼 삭막하다. 그래서 고독에 빠진 사람은 본능적으로 야수와 가까워지게 되는 것이다.

뜻대로 일이 풀리지 않아 우울할 때 당신의 근심 걱정을 친구에게 호소해 보아라. 그러면 당신의 상처받은 마음이 치료될 것이다. 우울한 기분을 쌓아두기만 하면 결국 병이 되고 만다. 우울증에는 약도 없다. 마음을 알아주는 참된 벗 말고는 그 어떤 약도 우울증을 치료할 수 없는 것이다. 그러니 참된 벗 앞에서 당신의 슬픔과 기쁨, 공포와 희망, 의심과 위로를 모두 털어놓아라. 무겁게 당신의 마음을 짓누르는 모든 것들이 우정이라는 다리를 통과하면서 훨씬 가벼워질 것이다. 아무리 지위가 높은 사람이라도 사람이라면 마땅히 우정을 키워가야 한다. 즉, 국왕이라 할지라도 우정을 위해서라면 자신의 신분을 떠나서 친구와 눈높이를 맞춰야 하는 것이다.

우정은 평등을 원칙으로 한다. 그래서 국왕처럼 고귀하신 몸은 우정을 나누기가 쉽지 않다. 그래서 그들은 친구 대신 자신이 총애하는 사람을 충신이나 가까운 신하로 두고 우정을 쌓는다. 로마 사람들은 이런 사람을 '군왕의 걱정을 함께 나누는 사람'이라고 불렀다. 즉, 국왕의 친구가 된 충신의 임무는 국왕의 걱정을 함께 나누는 것이었다. 그리고 국왕은 우정을 유지하기 위해 자신이 국왕이라는 사실을 애써 잊어야만 했다.

로마의 독재자 수라(Sura)는 신하 폼페이우스와 탄탄한 우정을 쌓았다. 그는 우정 때문에 폼페이우스의 무례한 짓도 용서해 주었고, 폼페이우스는 국왕과 자기의 우정을 자랑하며 돌아다녔다.

위대한 카이사르 역시 브루투스와 긴밀한 우정을 쌓았고, 그를 정권계승자로 생각했다. 하지만 브루투스는 이 우정을 이용해 카이사르를 함정에 빠뜨리고 그를 암살했다. 그래서 앤서니는 나중에 브루투스를 악마라고 불렀다. 아마도 카이사르에게 브루투스의 우정은 악마의 유혹과도 같은 것이었으리라.

"자신의 마음을 손상시키지 마라."

피타고라스가 남긴 말이다. 얼마나 의미심장한 말인가! 자신의 마음을 다치지 않게 할 유일한 방법은 우정이다. 마음속에 걱정거리가 있는데 속마음을 털어놓을 친구가 없다면 얼마나 마음 상하겠는가?

우정은 참으로 신기하다. 기쁨은 두 배로 만들어주고 슬픔은 반으로 줄여주니 말이다. 우정은 황금을 두 배로 증가시키고 쇳덩이를 금으로 만드는 연금술과 같다. 그리고 두

물질이 결합해 더 큰 힘을 발휘하는 자연의 법칙처럼 우정 어린 두 마음이 합쳐지면 상승작용을 일으킨다.

우정은 사랑과는 달리 감정을 조절할 수 있다. 우정은 비바람이 몰아치는 소나기 같은 격정의 세계에서 벗어나 이슬비가 내리는 따뜻한 봄으로 진입하는 감정이다.

우정은 우리가 어둡고 혼란한 생각에서 벗어나 밝고 이성적인 사고를 할 수 있게 도와준다. 이런 효과를 볼 수 있는 이유는 친구의 진심 어린 충고 덕분이기도 하고, 친구와 이야기를 나누는 사이에 마음을 어지럽히던 혼란스러움이 편안하고 고요하게 정리되기 때문이기도 하다.

누군가 페르시아 왕에게 이렇게 말했다.

"생각은 둘둘 말려있는 카펫이고, 말은 쫙 펼쳐 놓은 카펫입니다."

그래서 종종 친구와 한 시간 동안 머리를 맞대고 이야기를 나누는 것이 온종일 혼자 고민하는 것보다 더 좋은 결과를 가져오는 것이다. 친구가 우리에게 직접적으로 충고를 하지 않는다고 해도 우정을 나누는 것 자체로 지식이 더 많이 쌓이고 깨달음도 얻을 수 있다.

생각이 칼날이라면 토론은 숫돌이라 할 수 있다. 칼날이 숫돌을 만나면 더 날카로워지듯이 생각도 토론을 거치면서 더욱 날카로워진다. 그러므로 자신의 생각을 가슴속에 품고만 있지 말고 여러 사람과 토론해라. 그럴 수가 없는 상황이라면 하다못해 말 못하는 동상에게라도 털어놓아라. 충고를 듣지 못하더라도 일단 가슴속 이야기를 꺼내놓는 것만으로 충분히 도움이 된다.

"최초의 빛이 가장 밝다."

헤라클레스의 말이다. 그러나 한 사람의 지식과 이성의 빛은 종종 습관이나 편견의 영향을 받아 그 밝기가 서서히 흐려진다.

인간은 언제나 자기 자신에게 가장 듣기 좋은 아부의 말을 해주려고 하고, 그것을 기쁨으로 여긴다는 말이 있다. 이런 인간의 약점, 인간의 자만심을 치료할 수 있는 특효약이 있다면 그것은 바로 귀에 거슬리는 우정 어린 충고뿐이다.

친구의 조언과 충고는 좋은 약이 된다. 위인들도 중요한 시기에 친구의 충고를 듣지 않아 치명적인 잘못을 저지르기도 한다. 그런데도 사람들은 여전히 충고를 듣기보다는 스스로 혼자 해결하려고 욕심을 부린다. 그럴 때는 성야거가 한 말을 기억하라.

"거울을 한참 들여다보고 있으면 원래의 모습을 잊어버린다."

그리고 다음 세 가지 명제를 유심히 읽어 보기 바란다.

두 눈으로 본 것이 네 개의 눈으로 본 것보다 결코 적지 않다.

화를 내는 사람이 침묵하고 있는 사람보다 똑똑한 것은 아니다.

모제르 총은 어깨 위에 올려놓고 쏘든 받침대 위에 올려놓고 쏘든 정확하게 발사된다.

이 세 가지 명제는 다른 사람의 도움과 상관없이 결국 일의 결과는 똑같다고 주장하고 있다. 하지만 이 명제 속에는 매우 오만하고 어리석은 생각이 가득하다.

한편, 한 가지 문제에 대해 이 사람 저 사람의 의견을 듣기 좋아하는 사람들도 많다. 물론 혼자 해결하는 것보다는 나은 방법이지만 필요 이상으로 여러 명의 의견을 듣는 것은 오히려 역효과를 가져올 수도 있다.

명심하라! 최고의 조언은 성실하고 공정한 친구에게서 나온다. 그러니 굳이 책임감 없이 떠들어대는 사람들의 의견을 참고하려고 애쓸 필요 없다. 게다가 상반된 여러 의견을 듣게 되면 오히려 혼란만 더할 뿐이다. 결국 고민을 해결하려다 또 다른 고민거리를 떠안는 결과를 가져올 수도 있다. 예컨대 병이 나서 병원에 갔는데 당신의 몸 상태를 잘 모르는 의사가 처방해준 약을 먹고 난 다음 원래 병은 나았지만 그 약 때문에 다른 부작용을 앓게 되는 것과 마찬가지이다. 즉, 당신의 상황을 잘 아는 친구의 충고가 가장 믿을 만한 것이다.

우정의 장점은 이것만이 아니다. 우정의 장점은 석류 씨보다도 많아서 그 수를 일일이 다 셀 수도 없을 정도이다. 그리고 우정은 당신이 평생 동안 혼자서 해야 할 일들을 항상 옆에서 함께할 것이다. 고대인들은 친구를 '제2의 나'라고 표현했지만 이 말로도 부족하다.

인간의 능력에는 한계가 있다. 인생에는 얼마나 많은 일들이 벌어지는가? 혼자 힘으로 처리할 수 없는 일들은 또 얼마나 많은가? 그래서 죽기 전까지 해야 할 일을 다 하지 못하고 죽는 것은 유감스러운 일이 아닐 수 없다. 하지만 친구가 우리의 부족함을 채워줄 수 있다. 좋은 친구는 심지어 자신의 생명을 나눠주기까지 한다.

능력을 있는 힘껏 발휘하고 싶어도 자만이라고 오해받게 될 것이 두려워 적극적으로 나서지 못하는 사람도 많다. 이럴 때 친구가 곁에서 도움을 준다면 자신감을 잃지 않고, 사람들의 시선을 의식하지 않고 더욱 열심히 일에 매진할 수 있게 될 것이다.

아버지는 아들 앞에서 체통을 지켜야 한다. 남편은 아내 앞에서 남자다운 면모를 보여주어야 한다. 장군은 적 앞에서 위엄을 갖추어야 한다. 그러나 누구든 친구 앞에서는 깐깐하게 따질 필요가 없다. 친구 앞에서는 그저 실제 상황에 맞춰 잘잘못을 따지면 되고, 사실을 토대로 공정하고 합리적인 주장을 세우기만 하면 된다.

우정은 인생에서 더없이 중요한 덕목이다. 우정의 장점은 무궁무진하다. 그러므로 평생지기 친구가 없는 사람은 위기가 닥쳤을 때 그곳에서 빠져나오기 어려운 것은 물론이고, 그 사람 인생을 통틀어 기쁨을 찾아보기도 어려울 것이다.

✚ 지금까지 어떤 과정을 거쳐 우정을 쌓았느냐에 따라 그 우정의 가치가 달라진다. 역경을 만난 적 없이 순탄한 환경에서만 쌓인 우정은 참된 우정이 아닌 경우가 많다. 하지만 역경 속에서 싹튼 우정은 참된 우정으로 발전할 수 있다.

이 세상에 이유 없는 사랑도 없고 이유 없는 미움도 없는 것처럼 우정에도 진짜와 가짜가 있다. 가짜 우정은 중요한 순간에 그 정체를 드러낸다. 고대 로마 철학자 에픽테토스의 생생한 묘사를 보면 가짜 우정이 어떤 것인지 그 실체를 알 수 있을 것이다.

"한 번 보고 서로 좋아하게 된 개들이 자기들 우정보다 더 큰 우정은 없다고 말하는 것을 절대로 믿지 마라. 그들 사이에 고기가 사라지고

난 다음에 그 우정이 어떤 것이었는지 명백하게 알게 될 테니 말이다."

결혼은 약속이다. 그러나 우정은 결혼처럼 법적인 약속 같은 것을 하지 않는다. 우정은 서로 말로 하지 않아도 스스로 알아서 책임을 지고 권리를 누리는 것이다.

모든 사람이 우정을 얻을 수 있는 것은 아니다. 평생 진정한 친구 하나를 얻지 못하는 사람도 많다. 철새 정치인이나 간사한 상인은 이익에만 눈이 멀어 영원한 우정 따위에는 관심도 없다.

선하고 성실한 마음을 가진 사람만이 우정을 잘 지킬 수 있다. 못된 짓을 함께 하는 사람들끼리도 우정을 쌓을 수는 있겠지만 그 우정은 참된 우정이라 할 수 없다. 참된 우정은 서로 마음을 편안하게 해줄 뿐만 아니라 서로 발전할 수 있도록 도와주는 것이기 때문이다. 그래서 서로 이윤을 추구하기 위해 만난 동업자는 평생 친구로 발전하기 어렵다.

우정은 서로 이해하는 것이고 서로의 단점을 고쳐주는 것이다. 그러니 친구의 평가를 가볍게 생각하지 말고, 친구가 당신에게 마음을 털어놓을 때는 솔직하게 당신의 생각을 말해주어라. 하지만 친구가 침묵할 때에는 조언을 하기보다는 그저 친구의 마음의 소리에 귀를 기울여라.

서양에서는 "울타리가 있어야 좋은 이웃이 된다."는 말로 적당한 거리의 중요성을 강조했다. 친구 사이에서도 적당한 거리를 유지하는 것이 좋다. 새의 날개도 적당한 거리를 두고 두 개로 나뉘어 있고, 거문고의 현도 적당한 거리를 두고 제 위치를 지키고 있지 않은가! 고슴도치가 친구를 따뜻하게 해주려고 너무 가까이 갔다가 오히려 자기의 가시로 친구를 찔러 다치게 했다는 일화를 통해서도 적당한 거리의 중요성을 깨달을 수 있다.

우정은 상대방이 독립적인 존재라는 것을 전제하고 다가가야 한다. 아무리 맛있는 음식이 있다고 해도 젓가락 하나를 가지고 두 사람이 동시에 먹을 수 없고, 아무리 친한 친구 사이라도 바지 하나를 같이 입을 수는 없는 것이다.

✚　　**우정은 참으로 신기하다. 기쁨은 두 배로 만들어주고 슬픔은 반으로 줄여주니 말이다.**

사랑

인생이라는 무대 위에는 사랑이 넘친다. 사랑은 무대 위에서 희극의 재료인 동시에 비극의 재료이기도 하다. 그러나 인생이라는 무대 위에서의 사랑은 복수의 여신과 같은 모습을 하고 있어 대부분 비극으로 끝을 맺는다.

보통 사람이라면 사랑의 감정을 물리칠 방법이 거의 없다. 왜냐하면 사랑은 활짝 열린 마음은 물론이고 높은 장벽으로 가로막힌 마음도 뚫고 들어갈 수 있기 때문이다. 즉, 사랑의 감정에 휩쓸리지 않는 사람은 극히 드물다.

아무리 이기적이고 오만한 사람이라도 사랑하는 사람 앞에서는 자기 자신을 낮춘다. 그래서 누군가는 이렇게 말했다.

"사람은 연애할 때에는 현명할 수가 없다."

욕망은 진정한 사랑이라고 볼 수 없다. 욕망은 많은 것을 잃게 만들고 자기 자신도 지킬 수 없게 만들기 때문이다. 사람이 지나치게 의기양양해 있을 때에 욕망은 쉽게 재난을 불러온다. 고통의 순간에 욕망을 돌볼 여유가 없다고 해도, 욕망은 고통을 겪고 있을 때나 마음이 약해졌을 때 쉽게 우리 곁으로 다가온다. 그리고 이렇게 찾아든 욕망은 사랑의 불꽃을 점점 더 타오르게 만드는데, 이런 사랑을 하는 것은 정말 바보 같은 짓이다.

그러므로 일단 연애를 시작하면 욕망을 잘 절제해야 하며, 연애를 인생의 다른 중대사와 완전히 분리해서 생각해야 한다. 애정이 공적인 일에 개입되면 대개는 불행을 가져오게 되고, 애정에 눈이 멀면 인생의 목표까지도 잃기 쉽기 때문이다.

부부 사이의 사랑으로 인류가 번영했고, 친구 사이의 사랑으로 인류는 더 완벽해졌다. 하지만 쾌락을 좇는 욕망 때문에 인류는 타락에 빠졌다.

✚ 사랑은 영혼의 즐거움과 육체적 쾌락을 동시에 추구한다. 이것을 둘로 갈라놓으려 하는 것은 무의미하다. 사랑은 지금 막 무대 위에 오른 연극이다. 이 연극이 비극으로 끝날지 해피엔딩으로 끝날지는 당신이 얼마나 사랑을 이해하고 있는가, 그리고 당신이 올바른 인격을 갖춘 사람인가에 달려 있다. 올바른 인격을 갖춘 자만이 자신의 사랑을 해피엔딩으로 만들 수 있다.

✚ 이 세상은 사랑이 가득하기 때문에 가치 있고 아름다운 것이다. 당신의 사랑을 더욱 특별하고 소중하게 생각해야 한다. 그래야 사랑은 더 다채로워지고 세상도 더 아름다워진다.

부모와 자녀

부모는 자녀들 앞에서 즐거움과 슬픔을 겉으로 잘 드러내지 않는다. 자녀의 위로는 부모에게 보약이 되고, 자녀의 불행은 부모에게 가장 견디기 힘든 고통이 된다. 부모는 자녀 걱정에 마음 편할 날이 없으며, 자녀를 위해서라면 죽음도 두려워하지 않는다.

열 손가락 깨물어 안 아픈 손가락 없다고는 하지만 솔직히 부모 입장에서도 여러 명의 자녀에 대해 서로 다른 감정을 가질 때도 있다. 물론 이것은 자녀 입장에서는 매우 불공평한 일이겠지만, 부모, 특히 어머니로서는 어쩔 수 없는 현실이기도 하다. 솔로몬조차 "똑똑한 아이는 부모를 기쁘게 하고 어리석은 아이는 부모를 창피하게 만든다."고 했으니 말이다.

자손이 많은 집에서 장손이 대접을 받고 막내가 귀여움을 독차지하는 것을 자주 볼 수 있다. 중간에 낀 아이들의 존재는 가끔 잊히기도 한다. 하지만 실제로는 이 아이들이 훨씬 우수하다.

한편, 부모가 평소에 아이들에게 금전적으로 인색하게 구는 것은 잘못이다. 그렇게 하면 아이들이 지나치게 쩨쩨

해져서 요령만 터득하려고 할 수 있기 때문이다. 예를 들면, 자기보다 못한 친구와만 어울리려고 한다거나, 돈을 탐하는 아이가 될 수도 있다. 결론적으로 말하면 돈지갑이 아닌 마음으로 아이들을 보살피는 것이 가장 바람직하다.

어른들은 가끔 공정하지 못한 잣대로 아이들을 평가한다. 부모님이나 선생님들도 이런 실수를 자주 저지른다. 하지만 이런 실수는 어린 형제끼리 지나치게 경쟁하게 만들어 형제간의 불화를 조성하고 결국에는 가정을 어지럽히게된다.

부모는 자녀에게 적합한 직업을 미리미리 알아두는 것이 좋다. 아이들이 적성에 맞는 일을 찾게 되면 조금 더 수월하게 인생을 살 수 있기 때문이다. 그렇다고 부모가 자녀에게 지나치게 관심을 두는 것은 좋지 않다. 그리고 아이들의 편향된 사고를 걱정할 필요도 없다. 그것이 바로 아이가 제일 좋아하는 분야이고 적성에 맞는 분야이니 그대로 내버려두는 것이 좋다.

꼭 공부가 아니더라도 아이가 어떤 특정한 분야에서 재능을 보인다면 간섭하지 마라. "최상의 것을 선택하라. 습관은 아이들을 더 편안하고 즐겁게 바꾸어준다."라는 격언을 마음에 새기고 아이의 재능이 습관으로 이어질 수 있도록 옆에서 도움을 주어라.

형보다는 동생이 비교적 행복한 편이다. 하지만 만약 형에게 모든 것을 빼앗기는 동생이라면 결코 행복하지 않을 것이다.

✚ 현명한 부모는 아이를 어떻게 가르쳐야 하는지 알고 있다. 물론 아이를 가르치는 것이 부모의 책임이란 사실도 알고 있다. 교육의 중요성을 인식하고 있는 부모는 좋은 부모이다. 만약 부모가 아이를 낳은 것만으로 자기 책임을 다 한 것이라고 착각한다면, 그 자녀도 불행할 뿐 아니라 당사자인 부모도 결국 슬픔에 빠지게 될 것이다.

✚ 부모는 자녀를 평등하게 대해야 한다. 모든 자녀를 한 울타리 안에서 사랑해야 한다. 그래야 그 울타리가 부모와 자녀 모두를 보호할 수 있다. 즉, 화목한 가정 안에 평등이라는 울타리가 있다면 부모도 자녀 걱정을 덜고, 자녀도 후회 없는 삶을 살 수 있을 것이다.

버트런드 러셀

Bertrand Arthur William Russell

———

왜 사는가?

세 가지 순수함과 열정이 내 일생을 지배하고 있다. 그것은 바로 사랑에 대한 갈망과 지식 추구의 욕망, 그리고 인류의 고통에 대한 연민이다. 이런 열정은 광풍과 같이 나를 절망의 깊은 바다 위로 날려버리고 삶의 방향을 잃게 만든다.

　내가 사랑을 좇는 이유는 세 가지가 있다. 가장 큰 이유는 사랑이 내 혼을 쏙 빼놓기 때문이다. 하지만 이런 사랑의 기쁨은 너무나 짧고, 그 짧은 순간을 맛보기 위해서는 다른 많은 것을 희생해야만 한다. 둘째, 외로움을 줄이기 위해서이다. 고독에 빠져 방황하는 영혼은 끝이 없는 냉혹한 공포를 만나게 된다. 마지막 이유는 사랑의 결실로 맺어진 가정이 옛날 성현과 시인들이 말하던 천당의 축소판이기 때문이다. 그래서 비록 사랑이 인생의 가장 큰 가치로 인정받지 못한다 하더라도 나는 사랑을 포기할 수 없다.

나는 사랑을 좇던 그 마음 그대로 지식을 추구한다. 지식을 쌓아 별이 왜 반짝이는지 알고 싶고, 인간의 마음과 피타고라스 학설을 이해하고 싶다. 나는 이 방면에서 약간의 성과를 이루었다.

사랑과 지식에 대한 추구는 모두 나를 천당 같은 세상으로 이끌어준다. 그러나 현실의 세상 속에는 기아에 시달리는 불쌍한 사람들이 있고, 무고한 자들이 억압을 받고 있으며, 내 자식의 눈에 도움의 손길이 없는 약한 노인들이 그저 귀찮은 짐짝처럼 보이고 있다. 내 눈에 비치는 세상은 오직 고독과 가난과 고통뿐이다. 나는 죄악이 줄어들기를 소망하지만 내 힘으로는 그런 세상을 만들 수가 없다. 그래서 나는 고통스럽다.

이것이 나의 인생이다. 나는 인생은 살만한 가치가 있다는 사실을 깨달았다. 만약 누군가 나에게 한 번 더 살아갈 기회를 준다면 그 선물을 기쁘게 받아들여 더욱 괜찮은 인생을 살아보고 싶다.

서양 철학자 한 명이 우연히 고대 로마의 폐허 속에서 두 개의 얼굴을 가진 신의 조각을 발견했다. 이 철학자는 고

대부터 현재까지 다양한 지식을 꿰뚫고 있었지만 이 신만
은 너무나 낯설었다. 그래서 그는 신상에게 물었다.

"존경하는 신께 한 말씀 여쭙겠습니다. 당신의 왜 하나
의 머리에 두 개의 얼굴을 가지고 있습니까?"

두 개의 얼굴을 가진 신이 대답했다.

"이래야만 하나의 얼굴로는 과거를 돌아보며 가르침을
받아들이고, 다른 하나의 얼굴로는 미래를 바라보며 사람
들에게 동경심을 줄 수 있지."

철학자가 다시 물었다.

"그런데 왜 현재는 보지 않는 거죠?"

"현재?"

신상은 당황했다. 철학자가 또 물었다.

"과거는 지나가 버린 현재이고, 현재가 계속되면 그것이
미래가 되는 건데, 당신은 왜 현재를 등한시하는 거죠? 미
래를 잘 꿰뚫어 보면 나중에 당연히 그 미래가 과거가 되어
있을 테니까 당연히 손바닥 뒤집듯 쉽게 과거에 대해서도
알 수 있는 것 아니에요?"

신상은 이 말을 듣고 큰 소리로 울어 버렸다. 원래 그 신
이 '현재'를 제대로 장악하지 못해 로마가 적에게 함락되었
기 때문이다. 그래서 그 신은 폐허 속에 버려진 것이었다.

✚ 고귀한 영혼은 인류의 비극을 자신이 노력해서 바꾸어야 할 목표로 삼는다.

우리는 사랑 속에서 완벽한 생명을 유지하기 위한 힘을 찾을 수 있으며, 새로운 것을 받아들이려 노력하는 두뇌는 부지런히 지식을 쌓아 나간다.

순수함과 열정은 인류 문명에 가장 크게 영향을 끼쳤으며, 완벽하고 아름다운 인생이 문명의 횃불을 타오르게 한다.

인생을 판단할 수 있는 영원불변의 척도는 자신을 변화시키는 힘이다. 그러므로 일만 년이라는 길고 긴 세월이 흘러도 인류는 계속해서 자신을 변화시키기 위해 시간과 다툼을 벌이고 있을 것이다.

✚ 세 가지 순수함과 열정이 내 일생을 지배하고 있다. 그것은 바로 사랑에 대한 갈망과 지식 추구의 욕망, 그리고 인류의 고통에 대한 연민이다.

질투

지나친 겸손은 질투와 매우 밀접한 관계이다. 겸손은 흔히 미덕으로 인식되지만 내 생각은 좀 다르다. 겸손의 이면을 들여다보고도 계속해서 겸손을 미덕이라고 할 수 있을까? 겸손이 지나친 사람은 자신감과 용기가 없어 스스로 잘할 수 있는 일도 해내지 못한다. 아울러 그런 사람은 항상 위로를 받고 싶어 한다. 그래서 위로해 주는 사람을 자기 자신보다 더 믿게 되고, 그러다가 그 사람을 질투하게 된다. 시간이 지나면서 질투는 적의로 바뀌고 결국 모두가 불행해진다. 아이가 질투를 하지 않게 하려면 아이에게 칭찬을 자주 해주어라.

공작새는 남의 꽁지를 질투하지 않는다. 모두 자신의 꽁지가 세계 최고라고 생각하기 때문이다. 그러므로 질투를 모르는 공작새는 평화롭고 온순하다. 만약 공작새 한 마리가 지금껏 자기 꽁지가 최고라고 여겼던 것이 잘못된 행동이라는 것을 알게 되었다고 가정해보자. 그렇다면 그 공작새는 얼마나 불행하겠는가! 그 녀석은 꽁지를 활짝 편 다른 공작새를 볼 때마다 혼자 이렇게 중얼거릴 것이다.

'내 꽁지가 저 녀석보다 아름답다고 생각해서는 안 돼.

그런 생각 자체가 교만이니까. 하지만 나도 더 아름다워지고 싶다고! 저 녀석이 잘난 체하는 꼴 좀 봐. 어떻게든 저 녀석 꽁지 털을 뽑아 놓아야겠어. 그래야 내가 저 녀석과 비교당하지 않을 테니 말이야.'

못생긴 공작새는 꽁지가 아름다운 다른 공작새를 함정에 빠뜨릴 계략을 짤 수도 있다. 없는 말을 지어내고 모함해 무고한 공작새를 제거할 수도 있을 것이다. 일단 지도자급 회의석상에서 상대를 비난하면서 자신이 꾸민 계략을 천천히 실천에 옮길 것이다. 그러면 아름다운 꽁지를 가진 공작새는 모두 제거되고, 똑똑한 통치자도 결국 못생긴 공작새를 우두머리로 선발할 것이다. 이제 우두머리가 된 못생긴 공작새는 아름다운 공작새들을 모두 죽이고 결국 오색찬란한 공작새의 꽁지는 기억 속에서만 존재하게 될 것이다. 이런 결과는 질투가 승리했다는 것을 말해준다.

그러나 다행히도 공작새는 모두 자신이 다른 공작새보다 예쁘다고 생각하기 때문에 이런 비극이 발생할 리 없다. 모든 수컷 공작새는 경쟁을 통해 승리를 차지하고, 그렇게 차지한 암컷을 매우 존중한다. 그래서 공작새는 자신이 제일 아름답다고 생각하며 평생을 살아가는 것이다.

경쟁과 질투는 매우 긴밀한 관계에 있다. 경쟁심이 있어야 질투도 생기니 말이다. 행복해지려는 마음이 없으면 당연히 질투도 하지 않는다. 계급사회에서 최하 등급의 사람들은 상위 등급의 사람들을 질투하지 않는다. 빈부의 차이는 하늘이 정하는 것이라고 여기기 때문이다. 즉, 거지는 자기보다 성공한 거지를 질투할지언정 백만장자를 질투하지 않는다.

현대사회에서는 이미 계급이 사라지고 신분 상승이 가능해졌다. 따라서 평등을 추구하는 의식이 팽배해지고, 질투의 범위도 크게 확대되었다. 질투가 옳다고 할 수는 없지만 평등한 사회를 만들기 위해 꼭 필요하다면 그것을 적절히 이용해야 할 것이다. 그러므로 일단 평등에 대한 인식이 자리 잡게 되면, 그 다음에는 모든 인간이 평등권을 누릴 수 있도록 우리 사회가 다 같이 노력하고 실천해야 한다. 그렇지 않으면 누군가는 계속해서 불공평한 대접을 받게 될 것이 뻔하기 때문이다. 어쨌든 불평등이 사라지게 되면 평등한 사회를 만들기 위해 이용되었던 질투도 자연스레 사라질 것이다.

✚ 질투는 '영혼의 바이러스'이다. 질투는 자신과 비슷한 목표를 가진 사람이 성공한 것을 볼 때 생겨나는 일종의 비정상적인 심리이다. 질투는 뜨거운 불과 같다. 그래서 다른 사람은 물론 자기 자신도 해칠 수 있다. 질투하기보다는 상대를 능가할 수 있는 능력을 키우는 것이 낫다. 타인과 자신을 모두 해치기 전에 질투의 지옥에서 하루빨리 빠져나와라.

✚ **행복해지려는 마음이 없으면 당연히 질투도 하지 않는다.**

거짓 지혜

미국에 사는 누군가가 확신에 찬 목소리로 말했다.

"대부분 불행한 사람들은 3월에 태어났고, 티눈이 자주 나는 사람은 5월에 태어났다."

도대체 어떤 근거로 이런 말이 생겼는지 모르겠다. 아마도 바빌론이나 이집트 종교에서 전해 내려온 것이 아닐까 싶다. 그러나 사회가 점점 발전한 다음부터는 좀 더 체계적인 신앙이 자리를 잡게 되었고, 약 3,000~4,000년의 시간을 거쳐 교육 수준이 높은 사람들에게 전파되었다.

미국에서는 종종 흑인 여자 노예가 플라톤의 말을 인용하며 하는 헛소리를 들을 수 있다. 예를 들어 "생전에 지식을 쌓지 못한 사람은 다음 생에 여성으로 태어난다."는 등의 말도 안 되는 소리이다. 하지만 철학자들은 정중한 태도로 이런 근거 없는 말을 무시해 버린다.

아리스토텔레스는 대단히 명망 높은 철학자이지만 근거 없는 황당한 말들을 많이 했다. "겨울에 북쪽에서 바람이 불어야 여자가 임신을 할 수 있다.", "어린 나이에 결혼을 하면 여자아이를 낳는다."라고 했다. 또, "여자의 피가 남자보다 더 검다."라는 근거 없는 말을 했으며, "돼지만이 유일하게 홍역을 앓는다."라고 주장하기도 했다. 이뿐만이 아니다. 그는 "불면증을 치료하려면 환자의 어깨 위에 소금과 올리브 유를 섞은 따뜻한 물을 바르면 된다."라고 했고, "남자의 치아가 여자보다 몇 개 더 많다."라고 말했었다. 하지만 그의 이런 황당한 소리에도 불구하고 철학자들 대부분은 아리스 토텔레스를 지혜의 모범으로 삼고 있다.

가장 보편적인 미신은 길일과 흉일에 대한 예측이다. 이런 예측은 고대 군인들의 행동을 제약했다. 그리고 아직까지도 곳곳에 '13일의 금요일'에 대한 편견이 남아있다. 그래서 뱃사람은 아직도 금요일에 항해하는 것을 꺼리며, 호텔에는 13층이 거의 없다. 예전에는 지식인들조차 '13일의 금요일'에 대한 미신을 믿었지만 오늘날에는 근거 없는 소리로 받아들이는 사람도 많다. 하지만 어쩌면 지금으로부터 2,000년 후에는 지금 우리가 믿는 신앙도 근거 없는 멍청한 소리가 될지도 모를 일이다.

인간은 경솔한 동물이다. 그래서 무엇이든지 믿으려 한다. 만약 신앙이라는 좋은 도구가 없었다면 인간은 이것저것 아무거나 믿으며 스스로 만족했을 것이다.

잘못된 상식은 자연에 대한 지나친 믿음 때문에 생겨난 것이 대부분이다. 이런 잘못된 믿음은 특히 의학계에 많이 존재한다. 인간의 신체는 자가 치료가 가능해 상처를 치료하지 않아도 저절로 낫는다는 잘못된 생각을 하는 사람들도 있다. 물론 감기 같은 사소한 질병들은 가끔 치료를 하지 않고 저절로 낫기도 한다. 그러나 이런 경우는 드물다. 상처를 소독하지 않으면 곪고, 감기도 바로 치료하지 않으면 폐렴으로 발전할 수도 있다. 병원을 찾아갈 수 없는 오지탐험가라면 몰라도 보통사람이라면 병이 난 즉시 곧바로 치료를 받아야 한다.

자연스러워 보이는 현상 중에 실은 그렇지 않은 것들도 많다. 아주 옛날에는 옷을 입거나 목욕을 하는 것도 자연스러운 것이 아니었다. 그러므로 옷이 발명되기 이전에 추운 지역에서는 사람이 살 수 없는 것이 자연스러운 현상이었다. 또한, 지저분한 환경 때문에 발생하는 장티푸스 같은 질병은 예방주사 덕분에 이미 사라진 지 오래되었지만, 그 예방주사 역시 과거에는 매우 부자연스러운 것이었다. 하지만 자연스럽지 않다는 이유로 예방주사를 거부한다면 그 결과는 뻔할 것이다.

부자연스러운 것으로 취급받는 것은 이외에도 매우 많다. 음식을 익혀 먹는다거나 난방을 하는 것도 지금은 자연스럽게 받아들여지지만 원래는 자연스러운 현상이 아니었

다. 어쨌든 지금에 와서는 자연스럽지 않다는 이유로 외면
할 수 없는 것들이 많아졌다.

✚　　옛 사람의 말을 맹목적으로 믿는 것은 미신이며, 이성적 판단력이 떨
어졌다는 증거이다. 스스로 혹독한 시련을 견뎌내야만 비로소 진정
한 지혜가 탄생하는 것이다. 그러므로 다른 사람의 명성에 의지해 무
턱대고 그들의 말을 믿으려 하면 진정한 지혜를 얻을 수 없다. 앞으
로 우리는 선인들의 우수한 문명과 사상을 더 많이 받아들이되, 그
지혜의 빛 속에 섞인 거짓 지혜를 제대로 골라내야 할 것이다.

✚　　인간은 경솔한 동물이다. 그래서 무엇이든지 믿으려 한다. 만약 신앙
이라는 좋은 도구가 없었다면 인간은 이것저것 아무거나 믿으며 스
스로 만족했을 것이다.

조지 버나드 쇼

George Bernard Shaw

백만장자를 동정하다

왕국의 모든 물건은 대중을 위해 만들어진 것이지 결코 백만장자를 위해 만들어진 것이 아니다. 왕국의 물건은 갓난아기, 어린이, 청소년, 신사, 숙녀, 예술가, 직장인, 귀족, 국왕 등등 우리 모두가 함께 누려야 할 재산이다. 대중의 물건을 몇 명의 백만장자가 독점해서는 안 된다.

　가난한 사람들에게는 그들만의 벼룩시장이 있다. 그곳에는 개나 여우를 사냥할 때 쓰는 물건이 넘쳐나고 장사도 썩 잘 된다. 그곳에서는 1페니로 장화 한 켤레를 살 수도 있다. 그러나 시장을 다 뒤져도 15파운드짜리 장화 한 켤레나 40기니(guinea, 1663년부터 1813년까지 영국에서 주조된 금화)짜리 최고급 모자를 살 수는 없을 것이다. 또 자전거에 다는

최고급 화폐장식이나 진주 네 개 값의 클레오파트라 여왕
표 포도주를 살 수도 없을 것이다.

　불쌍하게도 백만장자들은 가업을 물려받는 행운을 누리
지만 인생을 즐기는 데 있어서는 평범한 사람만도 못하다.
실로 여러 방면에서 백만장자는 가난뱅이보다도 훨씬 인생
을 즐기지 못하고 있다. 군악대 지휘자가 백만장자보다 더
아름다운 옷을 입고, 어린 마부가 백만장자보다 더 빠른 말
을 타고 달린다. 일등석 열차를 타는 사람은 예쁜 아가씨의
시중도 받을 수 있다. 브라이턴(Brighton, 런던 근교의 해안 휴
양도시)에 도착해서 일주일간 휴가를 보내는 사람들은 풀먼
(Pullmam, 침대 설비가 되어 있는 특별 차량)식 기차를 타며 삶을
즐긴다. 하지만 공작새 머리 고기를 넣은 비싼 샌드위치를
먹는 백만장자는 햄이나 소고기를 넣은 보통 샌드위치의
맛을 느낄 수 없다.

　이런 불공평한 상황은 점점 더 심해진다. 1년 수입이 25
파운드인 사람은 수입이 배로 늘어나면 지출도 역시 몇 배
더 늘린다. 해마다 50파운드를 버는 사람은 수입이 배로 증
가하면 지출을 최소 4배 이상 늘린다. 그러니 해마다 250파
운드의 수입을 올리는 사람은 말할 필요도 없을 것이다. 수
입이 2배 늘었다는 것은 인생을 2배로 즐길 수 있다는 것을

뜻한다. 하지만 250파운드란 숫자를 넘어서면 아무리 수입이 늘어나더라도 전보다 삶을 더 즐긴다는 것은 현실적으로 불가능하다. 결국 백만장자는 부(富)의 희생양이 되는 것이다.

어느 정도의 금액으로 살 수 있는 물건은 싫증이 나기 마련이고 심하면 혐오스럽기까지 하다. 사람들은 모두 돈이 좋다고 말한다. 그리고 몇 만 파운드나 되는 큰돈이 생기면 누구나 지나치게 흥분하고 만다.

그러면 백만장자는 도대체 그 많은 돈을 어디에 쓰는 것일까? 호화 유람선이 필요한 걸까? 아니면 한 대대쯤 되는 몸종이 필요한 걸까? 시내의 집을 다 사들이고 싶은 걸까? 그것도 아니면 대륙 전체를 자기만의 사냥터로 삼을 셈일까? 설마 하룻밤에 수십 개의 극장에서 연극을 보고 혼자서 몇 벌의 옷을 껴입을 생각인 걸까? 백만장자는 한 끼에 몇 십 킬로그램이나 되는 음식을 먹어치울 수 있는 걸까?

백만장자는 얼굴도 모르는 사람들이 보낸, 돈 꿔달라는 편지도 받아야 하고, 많은 재산을 관리하는 데 골머리를 앓아야 한다. 도대체 그런 일들이 뭐가 그리 즐겁단 말인가?

가난한 사람은 꿈을 꿀 수 있다. 혹시 나도 모르는 사이에 먼 친척이 유산을 남겨주지는 않을까? 혹시 그런 일이

생기면 그 돈을 어떻게 쓸까 궁리하며 행복한 고민에 빠질
수도 있다. 아울러 이런 꿈은 자신이 가난하다는 사실을 잠
시 잊게 해주기도 한다. 이런 횡재가 결코 흔한 일은 아니지
만 말이다. 하지만 백만장자는 이런 꿈조차도 꿀 수가 없는
데 도대체 어떻게 행복할 수 있겠는가?

✚ "가난한 자는 가난한 자만의 고통이 있고 부자는 부자만의 골칫거리
가 있다."는 속담이 있다. 돈이 많고 적은 것은 절대로 생활의 여유를
즐기는 데 필요한 필수조건이 아니다. 언젠가 어떤 백만장자는 이렇
게 고백했다. "사람이 생활하는 데는 극히 기본적인 조건만 갖추어
지면 된다."

어떤 면에서 가난뱅이는 오히려 마음 편하게 자유를 만끽하고 삶을
충분히 즐길 수 있다. 싸구려 옷을 입었다고 그 사람 자체가 싸구려
는 아니다. 인간의 존엄성은 내면에서 나오는 것이니까!

지나치게 부(富)를 좇다 보면 마치 가난이 사회악인 것처럼 느껴지
기도 한다. 하지만 두 손을 부지런히 움직여 정당한 대가를 받는다면
그것이 바로 우리 삶을 따뜻하게 만들어주는 빛이 된다.

✚ 공작새 머리 고기를 넣은 비싼 샌드위치를 먹는 백만장자는 햄이나
소고기를 넣은 보통 샌드위치의 맛을 느낄 수 없다.

메리 셸리

Mary Shelley

———

생활 철학

사람의 본질은 생명이며, 사람은 우주의 모든 것을 느끼며 살아간다. 생명과 우주는 더없이 신비롭다. 하지만 우주 만물이 층층이 쌓인 안개처럼 우리의 눈을 가리고 있어 우리는 인간의 신비로움을 제대로 보지 못한다. 우리는 변화무쌍한 인생이 얼마나 아름다운 것인지 깨닫지 못한 채 살아가고 있는 것이다.

생명은 얼마나 위대한 기적인가! 우리는 세상에 태어난 순간부터 기억이 차츰 흐려진다. 우리는 갓난아기 때의 기억을 모두 잊은 채 생명에 대한 깨달음을 뒤로 하고 살아가고 있다.

우리는 자신이 누구인지, 어디에서 왔는지, 어디로 가기를 원하는지 모른다. 세상에 태어난 순간이 존재의 시작점 인가? 죽음이 존재의 중간 단계인가? 탄생은 무엇일까? 죽음은 또 무엇일까?

인간은 추상적 개념을 연구하고 논리학을 발전시켜 인생을 놀랍고 경이롭게 표현해 냈다. 하지만 이제는 차츰 이러한 경이로움에도 익숙해져서 인간은 인생에 대해 별다른 감흥을 느끼지 못한 채 살아간다.

나는 '인간은 존재'라고 생각한다. 인간은 선조의 뒤를 이어 후손의 대를 이어주는 존재이다. 그러면서 인간의 사상은 끊어지지 않고 영원히 이어진다. 인간은 만물이 흔적도 없이 사라진다는 것은 상상조차 하지 못한 채 미래와 과거 사이, 즉 현재에만 존재한다.

사람이 선하든 악하든, 지금까지 어떻게 살아왔든, 사람의 마음속에는 영원히 변하지 않는 혼이 살아 있다. 그 혼은 허무와 싸우고 죽음과 맞서는데, 그것이 바로 존재의 특징이다. 모든 생명은 원의 중심이기도 하고 원의 둘레이기도 하다. 또한 만물의 기원이기도 하고 만물을 감싸고 있는 선이기도 하다.

그러나 잘못된 교육 탓에 지금은 감수성마저 잃고 생명을 그저 하나의 시스템으로 인식하고 있다. 우리는 감수성을 다시 찾아야 한다. 세상이, 우리 자신이 얼마나 열정적이고 특별한지 깨달아야 한다. 습관적으로 우리 자신과 세상을 구분 짓는 것은 옳지 않다.

아이들의 탄생은 인간과 하늘이 하나가 된 결과이다. 그런데 우리는 살아가면서 이런 사실을 점점 잊은 채 기계적이고 습관적으로 타성에 젖어가고 있다. 그리하여 순수했던 감성과 이성은 애매모호한 사상으로 변질되었고, 이러한 과정이 계속 반복되면서 잘못된 이미지가 그대로 굳어버렸다.

인생은 무엇일까? 인생의 기원은 무엇일까? 인생은 어떻게 생겨났을까? 도대체 어떤 힘이 우리의 인생을 다스리는 것일까? 이런 질문들은 모두 아이들의 몫이다. 아이들만이 이런 질문을 할 수 있다. 어른들은 벌써 인생에 무관심해졌고 이런 질문들을 가치 없는 것으로 생각하니 말이다.

✚ 인간이 살아가면서 인생에 대해 물을 용기를 잃었다는 것은 용서받을 수 없는 일이다. 인생의 목표는 살아가는 것이다. 우리에게는 용감하게 살아가야할 의무가 있다.

✚ 사람은 누구나 자기만의 삶을 살아간다. 하지만 어느 누구도 자기의 삶을 온전히 이해하지는 못한다. 어쩌면 그런 점에서 인생은 더욱 살아볼 만한 가치가 있는 것인지도 모르겠다. 인간의 삶에 관심을 갖

고, 많은 사람의 조언을 듣고, 많이 보고, 많이 생각하고, 많이 질문
하면서 열렬하게 살다보면 인생은 더욱 풍요로워질 것이다.

사랑을 논하다

당신은 사랑이 무엇이라고 생각하는가? 생각의 골짜기에서
허공을 발견하고 환호성을 지르며 마음속의 무엇인가를 찾
는 것, 두려움이나 기대 같은 여러 가지 감정들 속에서 저절
로 솟아나는 것, 강력하게 우리를 끌어당기는 것, 그것이 바
로 사랑이다.

우리는 모두 다른 사람들이 자기의 생각을 이해해주기
를 바란다. 우리 자신의 머릿속에 있는 자유로운 생각이 다
른 사람의 머릿속에서도 자라나기를 바란다. 우리는 우리
의 느낌대로 다른 사람도 같이 흔들리기를 바란다. 우리의
눈빛과 타인의 눈빛이 서로 교류하기를 바라며 타인의 눈
과 우리의 눈이 함께 반짝이기를 바란다. 우리는 우리의 무
감각한 입술이 무심코 상대의 뜨거운 마음을 비웃지 않기
를 기도한다. 이 모든 것이 바로 사랑이다.

인간은 사랑이라는 어렴풋한 그림자를 좇는다. 그래서
사랑이 없으면 인간의 마음은 불안해지고 휴식하지 못한다.
그래서 인간은 자신을 이해하지 못하는 무리에 끼어 있을 때
에는 꽃이나 풀, 강, 하늘 같은 자연을 사랑하게 된다. 맑은
하늘 아래에서 봄바람에 흔들리는 나뭇잎을 바라보면서 마

음의 안식을 찾는다. 말 없는 바람은 우리를 설득하며, 흐르
는 시냇물과 흔들리는 갈대 소리는 사랑의 노래가 된다.

　　자연과 우리의 영혼 사이에는 신비한 교감이 이루어진
다. 자연은 우리 마음속의 영혼을 깨워 유쾌하고 기분 좋게
만들어준다. 우리를 온화하게 하고 우리의 눈에 신비한 눈
물을 글썽이게 한다. 이런 느낌은 마치 애국지사의 승리의
열정과 같고, 사랑하는 사람이 당신만을 위해 부르는 노래
와 같다. 그래서 스타인은 만약 자기가 사막에 있다면 측백
나무를 사랑할 것이라고 말했다.

　　사랑이 사라진 인생은 살아있는 묘지와 같다. 고귀한 영
혼은 사라지고 육체만이 남은 목숨을 부지해 나가는 것이다.

✚　　언젠가 당신이 다른 사람을 사랑할 수도, 사랑받을 수도 없다면 당
　　　신은 이미 죽은 것이나 마찬가지이다. 반대로 언젠가 당신이 죽고 난
　　　다음에도 당신을 기억하고 사랑하는 사람이 있다면 당신은 아직 살
　　　아있는 것이나 마찬가지이다. 이렇듯 사랑은 죽음을 막을 수 있는 생
　　　명이다.

✚　　사랑은 입에 발린 감언이설이 아니다. 그리고 아무 때나 쉽게 사랑을
　　　맹세하는 것은 진실한 사랑이 아니다. 사랑은 두 영혼이 함께 숨 쉬
　　　는 것으로, 말하지 않아도 서로 뜻이 통하는 것이며 인류와 자연을
　　　움직이는 힘이다.

존 러스킨
John Ruskin

———

절제의 미덕

명확한 법칙과 적당한 절제는 때때로 번거로움을 가져오기도 한다. 그러나 법칙과 절제는 사람의 손발을 묶는 쇠사슬이 아니라 우리 몸을 보호해 주는 갑옷 같은 것이다. 절제는 자신의 힘을 실현할 수 있도록 도와주는 도구이며, 노동과 마찬가지로 인류가 존경해야 할 매우 가치 있는 덕목이다. 그러므로 우리는 절제의 필요성을 꼭 기억해 두어야 한다.

우리는 자유를 세상에서 가장 고귀한 것으로 여기는 어리석은 목소리를 자주 듣는다. 자유가 고귀하지 않은 것은 아니지만 넓은 의미에서 자유는 그렇게까지 어마어마한 가치를 가진 것이라고는 할 수 없다. 자유는 하등 동물의 속성일 뿐 여럿이 함께 살아가는 우리 인간에게는 자유보다 절제가 더욱 큰 가치를 갖기 때문이다.

　사람은 물고기처럼 자유로울 수 없다. 아무리 위대한 사람이라고 해도 예외일 수 없다. 물고기는 자기 하고 싶은 대로 마음대로 행동할 수 있지만, 사람에게는 해야 할 일과 하지 말아야 할 일이 분명히 있다. 사람이 사는 육지의 총 면적은 바다의 절반도 되지 않는다. 또한 우리가 세상의 모든 운반 기구를 총동원해서 움직인다고 해도 물고기가 자기 지느러미를 이용해 물속에서 헤엄치는 것과는 비교가 되지 않을 것이다. 이렇듯 하등 동물은 자기 마음대로 자유를 누려도 상관없지만 인간은 그렇게 함부로 자유를 외쳐서는 안 된다.

　냉정하게 생각해 보면 인류를 번영시키는 것은 자유가 아니라 절제라는 사실을 쉽게 깨닫게 될 것이다.

　나비는 벌보다 더 자유롭다. 하지만 사람들은 나비보다는 벌을 더 높게 평가한다. 아마도 벌은 자기 사회의 규칙을 잘 따르기 때문일 것이다. 이렇듯 인간 사회에서는 자유와 절제 가운데 절제를 더욱 가치 있는 미덕으로 생각한다.

　자유와 절제 가운데 인류의 고풍스런 인격을 표현할 수 있는 것 역시 절제이다. 곤충의 노동이나 별의 공전, 만유인력 법칙 등 우주의 모든 현상 역시 자유가 아닌 절제의 산물이다.

태양은 자유롭지 못하지만 마른 나뭇잎은 자유롭다. 인체의 각 기관은 자유롭지 못하지만 그 기관이 모인 육체는 자유롭다. 만약 반대로 인체 각 기관이 각자 모두 자유를 외치기만 하고 서로 조화를 이루지 못한다면 각 기관이 모인 육체는 곧바로 붕괴되고 말 것이다.

✚ 성경에서도 천국의 제일 법칙은 질서라고 했다. 성실하게 살고 기본적인 법칙을 준수하면 인간은 더 자유로워질 수 있다. 자유는 방종과 다르다. 인생의 규칙을 따르는 자유야말로 우리에게 달콤함을 선사하는 진정한 자유라고 할 수 있다. 그러므로 인간은 어린 시절부터 자유와 절제의 관계를 제대로 깨닫고, 절제를 위해서 노력해야 한다.

✚ **자유와 절제는 빛과 그림자의 관계이다. 자유를 얻기 위해서는 반드시 절제가 필요하다.**

데이비드 흄
David Hume

덕행의 선물

자기반성을 하고 나면 요란하고 혼란스러웠던 감정들이 정리되어 평화롭고 안정적으로 바뀐다. 갖가지 듣기 싫은 마음속의 잔소리도 사라지고 마음속에는 기쁨과 평화가 넘치게 된다.

　덕행의 대가는 무엇인가? 인간은 종종 덕을 실천하기 위해 행복을 포기하기도 하고 심지어 목숨을 바치기까지 한다. 대자연은 무엇으로 이러한 인간의 희생에 보답할 것인가?

　아! 대지의 아들이여! 너희는 신성한 대자연의 위대함을 아직도 모르는가? 대자연의 찬란함을 직접 눈으로 보고 있으면서도 아직도 또 다른 선물을 바라는가?

대자연은 인간의 잘못을 줄곧 넉넉한 마음으로 용서해 왔다. 우리는 대자연이 우리 인간에게 항상 무언가를 주고 있다는 사실을 깨달아야 한다. 대자연은 인간의 덕행에 대한 보답으로 지금까지 아주 많은 선물을 주었다.

하지만 대자연은 선물을 미끼로 인간의 마음을 사로잡으려고 하지 않는다. 대자연은 매우 똑똑하다. 대자연이 준비한 선물은 오직 진심으로 덕행을 실천하는 사람의 눈에만 보이도록 만들어졌다.

명예는 덕행에 대한 선물이자 정당한 노동에 따른 달콤한 보수이다. 그것은 청렴결백하고 사심 없는 애국자, 세상 풍파를 모두 이겨내고 승리한 용사의 머리 위에만 씌워주는 월계관이다. 덕이 있는 선비는 명예를 지키기 위해 온갖 유혹을 떨쳐버리고 후진 양성에만 전념한다. 또한 그런 선비는 죽음을 자신의 일부분으로 겸허하게 받아들여 죽음의 공포에서 벗어난다. 즉, 그런 선비는 인생무상의 허전함을 견뎌내고 죽음도 초월하여 시간이 한참 흐른 뒤에도 대대손손 불후의 명예를 누리게 될 것이다.

우주를 지배하는 자는 무한한 힘과 지혜를 가지고 있다. 그 힘과 지혜를 이용해 조화롭지 못한 현상을 순조롭고 정의롭게 바꾸어 놓으며 생각이 깊은 사람들을 토론하게 만든다. 그리고 토론을 벌이는 사람들의 관심을 더 멀리 확대 시켜 세상을 점점 더 발전시킨다. 대자연은 덕행을 실천하는 사람들에게 정당한 노동의 대가를 주고자 노력하며, 사람들은 덕행이 완벽한 승리를 거둘 수 있도록 계속해서 토론을 벌인다.

사람들은 죽은 후에도 인간이 계속 존재할 수 있을지 토론하며 걱정한다. 하지만 덕을 겸비한 선비는 이런 애매모호한 문제 때문에 고민하지 않는다. 왜냐하면 그런 사람들은 사후 세상에 욕심내지 않고 조물주가 그에게 허락한 덕행에 따른 선물에 충분히 만족하기 때문이다. 그런 선비는 조물주가 자신을 존재하게 했고 그에게 많은 기회를 주었다는 사실을 기꺼이 인정한다. 그렇기 때문에 그들은 겸허한 마음으로 절제할 수 있는 것이다.

✚ 덕행은 인생을 살면서 추구해야 할 목표이다. 덕행이 충만한 사람은 세상에 똑바로 설 수 있으며, 살아 있는 동안 해와 달에 버금가는 찬란한 빛을 발산할 것이다. 덕행을 실천하는 사람은 무한한 지혜와 힘을 지니고 있다. 그 힘은 세계의 궤도를 바꾸어 놓을 수 있을 정도로 강하며 인류사회를 발전시키는 원동력이 된다. 그러므로 덕행을 추구하는 것을 인생의 목표로 삼은 사람은 덕행뿐만 아니라 더 많은 것을 얻을 수 있다.

✚   명예는 덕행에 대한 선물이자 정당한 노동에 따른 달콤한 보수이다.
그것은 청렴결백하고 사심 없는 애국자, 세상 풍파를 모두 이겨내고
승리한 용사의 머리 위에만 씌워주는 월계관이다.

이로움을 주는 교제

여러 가지 취미를 가진 사람들이 모여 함께 즐기고, 정보를 교환하면서 '사교계'라는 모임이 생겨났다. 사교계에서는 각계각층의 사람들이 모여 즐거운 놀이를 할 뿐만 아니라 사회 곳곳의 문제점에 대한 공동의 책임도 의논한다. 여러 사람의 의견이 모이면 개인의 편협한 사고를 넘어 더욱 효과적인 해결책을 찾을 수 있다. 그래서 사람들은 다른 사람들과 교제를 하는 것이다. 이러한 교제를 통해서 우리는 마음의 지혜를 쌓을 수 있으며 자연스럽게 단체를 형성하게 된다. 아울러 단체의 일원이 된 사람들은 그 안에서 각자 자신의 능력을 최대한 발휘하며 즐거움을 느낀다.

사람들은 시와 노래, 역사, 정치, 철학 등의 도움을 받아 교제를 이어가고 점차 교제의 폭을 넓혀간다. 하지만 이런 수단 없이 무작정 교제를 하게 되면 명목도 서지 않거니와 시간만 낭비하게 된다. 즉, 이런 수단을 이용하지 않는 교제는 무료함을 달래기 위한 수단에 지나지 않으며, 그 속에서는 어떠한 마음의 지혜도 쌓을 수 없다.

끝없이 계속되는 허풍과 자질구레한 일상, 무료하고 쓸데없는 이야기, 걱정거리 등을 들고 모임에 나타나면 동료들의 환영을 받을 수 없게 된다. 다른 사람들과의 교제를 통해 좀 더 성장해보려던 자신의 바람도 결국 헛되이 사라지고 교제 자체에 흥미를 잃게 될 것이 뻔하다.

✚ 여론은 이미지이다. 자신의 의견을 표현해 여론을 형성하는 것은 자신의 이미지를 만들어내는 과정이다.

여론은 여러 사람이 함께 참여하는 공동의 예술이다. 하지만 자기가 하고 싶은 말을 다 할 수 있는 예술이 아니라 할 말과 하지 말아야 할 말을 구별해야 하는 예술이다. 진실하지 않은 말 한마디가 여러 사람을 도울 수 있는 열 마디 말을 어둠 속으로 밀어버릴 수도 있다는 점에 주의해야 한다. 그렇게 되면 다른 사람은 물론이고 자기 자신에게도 만회하기 어려운 오점을 남길 수 있다. 다른 사람을 비난하고 풍자하는 사람은 대단한 입담을 가졌는지는 몰라도 그 속은 밴댕이 소갈머리만큼 좁다.

여론은 특정한 인물을 지나치게 떠받들 수도, 해칠 수도 있다. 어떤 사람을 지나치게 떠받들면 오히려 그 사람을 다치게 할 수도 있다. 반대로 어떤 사람을 계속해서 공격하다 보면 오히려 그가 영웅이 되기도 한다. 비난의 이면은 찬성이 차지하고 있기 때문이고, 비난과 찬성은 서로 상반된 것이 아니라 함께 자라나는 것이기 때문이다.

다른 사람을 헐뜯고 비난하는 말들은 자존심에 상처를 입은 사람들의 입에서 흘러나온다. 하지만 자신의 알량한 자존심을 지키려고 남에게 상처를 준다면 자신이 훨씬 더 깊이 상처를 받게 될 것이다.

✚　　사람들은 시와 노래, 역사, 정치, 철학 등의 도움을 받아 교제를 이어
가고 점차 교제의 폭을 넓혀간다. 하지만 이런 수단 없이 무작정 교
제를 하게 되면 명목도 서지 않거니와 시간만 낭비하게 된다.

D. H. 로렌스

David Herbert Richards Lawrence

사랑이란?

사랑은 결코 한 가지 의미만을 갖고 있지 않다. 사랑은 여러 가지 의미, 여러 가지 모습을 가지고 있다.

사랑은 행복이다. 그러나 행복이 모든 것을 만족시켜주지는 못한다.

사랑은 함께 하는 것이다. 그러나 이별 없이 영원히 함께 있을 수는 없다.

사랑하는 동안은 모든 것이 즐겁다. 그러나 한 번도 헤어지지 않고 영원히 사랑할 수는 없다.

사랑은 파도이다. 한순간에 밀려왔다가 곧바로 멀어져간다. 만남과 이별, 심장의 수축과 이완, 밀물과 썰물은 자연의 법칙이다. 그래서 영원불멸의 사랑은 존재하지 않는다.

　사랑은 여행이다. 여행 과정은 목적지에 도착하는 것보다 더 중요하다. 다시 말해, 사랑은 수단이지 목적이 아니다. 사랑은 순수한 여행이 되어야 한다. 그래야만 연인들이 여행 중에 사랑을 초월한 기쁨을 맛볼 수 있으며 온전하게 목적지에 도착할 수 있기 때문이다.

　사랑은 언제나 함께하는 것이고 창조적인 힘이다. 사랑의 힘은 우리의 육체와 정신 모두를 책임진다. 사랑은 정신과 정신, 육체와 육체가 서로 끌어당기는 창조적인 기쁨이다. 그러나 사랑에 모든 것을 걸면 오히려 사랑을 잃을 수도 있다. 여행은 목적지에 도착하는 것보다 과정이 더 중요하며, 사랑이라는 여행에서 목적지에 도착했다는 것은 곧 사랑이 끝났다는 것을 의미하기도 한다.

　남녀 간의 사랑은 신성하기도 하고 속되기도 하다. 그리고 신은 우리에게 자기 자신을 사랑하듯 이웃을 사랑하라고 말한다. 그 외에도 사랑의 모습은 매우 다양하다. 하지만 어떠한 종류의 사랑이든 사랑은 여러 가지 힘이 한 곳으로 모이는 것이다.

✚　사랑은 향긋한 차이다. 독서에 열중하고 있는 순간에도 살짝 날아와 부드럽게 마음을 흔들어 놓는다.

사랑은 우산이다. 비가 쏟아지는 골목에서 받쳐 든 우산 안은 온기가 가득하다.

사랑은 먼 길을 가는 사람에게 손 흔들어 인사하는 것이며 문밖에 나와 그가 돌아오기를 기다리는 것이다.

사랑은 영혼이 방황하고 있을 때 사랑은 우리를 희망의 언덕으로 데려다 준다.

사랑은 마음이 울적할 때 눈앞에서 밝게 빛나는 붉은 매화이다.

사랑은 평탄한 생활 속의 다양한 신선함이다.

사랑은 바쁘게 일하면서 듣는 휴식 같은 음악이다.

사랑은 무거운 책임을 기꺼이 짊어지는 버팀목이다.

사랑은 고원의 산기슭에서 시작되어 우여곡절을 걸친 후 거대한 바다로 흘러들어가는 감정의 강물이다.

사랑의 강에서 마음껏 수영을 할 수 있는 것이 바로 인생의 묘미가 아니겠는가?

✚　**사랑은 마음대로 가질 수도 줄 수도 없고, 뺏을 수도 뺏길 수도 없는 것이다. 사랑은 그저 사랑하는 동안 만족하는 것이다.**

3장

독일

헤르만 헤세

Hermann Hesse

양심의 미소

사람들은 근심 걱정이 있을 때나 자신의 힘으로는 어쩔 수 없는 일에 부딪쳤을 때 하느님의 힘을 빌리고 싶어 한다. 또한 양심의 소리를 듣고 싶을 때도 하느님을 찾는다. 양심은 근심과 걱정, 그리고 죽음의 두려움에서 우리를 구원해 준다. 또한 악의 구렁텅이에서 빠져나올 힘을 주기도 하고, 적막하고 냉혹한 세상에서 탈출할 수 있도록 도와준다.

양심은 게으름과 허영심, 이기심보다 더 강하다. 설령 비참한 최후를 맞게 된다 해도 양심은 내면의 거대한 힘을 밖으로 표출해 낸다. 또한 양심은 절대로 죽지 않고 죽음을 초월해 존재한다. 사람이라면 누구나 고통과 절망의 절벽에 서있더라도 삶의 의미를 찾아내야 한다. 죽음이 오히려 절벽에서 탈출할 수 있는 가장 손쉬운 방법이라고 해도 절대로 죽음을 택해서는 안 된다.

어떤 사람들은 흙먼지로 자신의 양심을 가리고 온갖 나쁜 짓을 저지른다. 하지만 결국 자신의 잘못을 후회하게 될 것이고 한탄하게 될 것이다. 반대로 어떤 사람들은 처음부터 양심의 소리에 귀 기울이며 성장해 간다. 그들이 바로 성인(聖人)이다. 무슨 일이 일어나든 그들은 단지 겉으로만 충격을 받을 뿐 그들의 마음은 상처를 입지 않는다. 그 결과 마음은 늘 맑고 깨끗하게 유지되며 그들은 항상 미소를 짓고 있다.

✚　칸트는 "수많은 별들이 총총 빛나는 하늘과 우리 마음속에 자리 잡고 있는 도덕, 이 두 가지는 세상에서 가장 놀라운 가치를 지니고 있다."라고 말했다. 우리의 마음은 도덕을 준수하려 한다. 다시 말해 '양심'이라는 원칙을 허물지 않으려고 노력한다.

인성에 있어 악덕과 악행은 암울한 동굴과 같으므로 우리는 동굴의 유혹에 빠지면 안 된다. 어떤 난관을 만나든지 평소와 다름없이 신념을 갖고 양심을 지키나가야 한다.

✚　양심은 근심과 걱정, 그리고 죽음의 두려움에서 우리를 구원해 준다. 또한 악의 구렁텅이에서 빠져나올 힘을 주기도 하고, 적막하고 냉혹한 세상에서 탈출할 수 있도록 도와준다.

쇼펜하우어

Arthur Schopenhauer

명예

인간은 타인의 평가에 지나치게 집착하는 경향이 있는데, 그것은 인간만의 고유한 약점이다. 하지만 조금만 깊이 생각해 보면 타인의 견해가 자신의 행복에 아무런 영향을 끼치지 않는다는 사실을 쉽게 깨달을 수 있을 것이다.

나는 사람들이 왜 타인의 칭찬을 즐거움으로 여기는지 이해한다. 당신의 칭찬은 상대방의 자신감으로 이어진다. 심지어 당신의 칭찬이 새빨간 거짓말이라고 해도 상대방은 무척 기뻐할 것이다. 사람들은 타인의 칭찬을 들으면 다른 일들은 모두 잊어버린 채 행복해 한다. 다시 말해, 칭찬을 듣고 자존심을 세우기 위해서 사람들은 어떤 불이익도 감수할 자세가 되어 있다고 할 수 있다. 반면에 사람들은 타인

에게 칭찬받지 못하고 무시당하는 것을 상당히 고통스러워
한다.

명예를 추구하는 마음이 '좋은 것을 취하고 나쁜 것을
버리는' 본성에서 출발한다면, 이러한 명예욕은 도덕을 대
신할 수 있다. 나아가 이런 명예욕은 인류 사회를 더욱 행복
하게 만들 수 있을 것이다. 하지만 명예욕이란 그저 마음의
안정과 독립적인 지위를 바라는 욕심에서 생겨난 것이기
때문에 인류에게 행복과 해로움을 동시에 안겨준다.

자신을 객관적이고 정확하게 판단하는 것은 장사에서
손익을 계산하는 것과는 다르다. 스스로 자신을 정확하게
판단할 수 있다면 타인의 평가에 민감하게 반응하지 않게
될 것이다. 타인의 평가는 감정적인 아부의 말이거나 듣는
이에게 고통을 안겨주는 혹평이 대부분이다. 그러므로 타
인의 평가에 너무 민감하게 귀 기울이고 집착한다면 결국
타인의 감정에 놀아나는 노예로 전락하게 될 것이다.

칭찬받는 것을 좋아하는 사람들은 쉽게 자기 자신에게
해를 입히기도 하지만 또 쉽게 자신을 위로한다. 그러므로
타인의 평가를 떠나 냉정하게 자기 판단을 할 수 있는 사람
만이 진정한 행복을 누릴 수 있다.

남의 눈에 비친 내 모습은 실제의 내 모습이 아닐 가능

성이 높다. 그러므로 타인의 평가가 나의 인생에 지나치게 영향을 끼치게 해서는 안 된다. 하지만 이런 사실을 알고 있는 사람들도 실제로는 타인의 평가에서 자유롭기 힘들다. 알면서도 여전히 타인의 평가에 의존하게 되는 그런 사람들의 인생에 타인의 평가는 간접적으로나마 영향을 끼치고 있다고 할 수 있다. 더 나아가 심지어는 타인의 눈에 비친 모습대로 내면의 자아를 바꾸려는 사람들도 있다. 이런 사람들의 인생은 타인의 평가에 직접적인 영향을 받는다고 해도 과언이 아닐 것이다.

　물론 여론이 되어버린 타인의 평가는 나 자신과 무관하지 않다. 그러므로 우리는 여론을 정확히 이해해야 한다. 대중의 평가는 때때로 매우 편협하고 편파적이며 오해가 난무하는 등 제대로 된 평가가 아닌 경우가 많다. 다시 말하면, 사람들은 깊이 있고 정확하게 다른 사람을 평가하지 않는다는 뜻이다. 그러므로 우리는 타인에 대해 평가할 때는 더욱 신중해야 하고, 나에 대한 타인의 평가에 크게 좌우될 필요는 없다.

　우리는 남의 등 뒤에서 얼마나 많은 사람을 비난했던가! 비난의 표적이 된 사람이 그 말을 들을 수 없을 것이라 확신하고 얼마나 많이 그 비난에 동조했던가! 우리는 뛰어난 인물이 바보 취급을 당하고 멸시받았던 몇몇 사례를 알고 있다. 그런 역사가 되풀이되지 않도록 지금부터라도 우리는 타인을 더욱 사랑하고 존중해야 한다.

✚　도덕과 법칙은 자연스러운 것이라는 말이 있다. 명예 역시 자연스러운 것이다. 진정한 명예는 우리의 인격과 행동, 그리고 마음을 빛내주는 최고의 장식품이다. 즉 자신을 표현할 수 있는 몸에 딱 맞는 옷이다. 하지만 허영심과 체면 위에 세워진 명예는 사상누각과 같다. 그래서 거짓된 명예는 언젠가 말라비틀어진 꽃처럼 퇴색되고 만다.

✚　**명예란 떨어진 옷에 덧댄 가장 선명한 헝겊 조각이다.**

라이너 마리아 릴케

Rainer Maria Rilke

———

표정

나는 사물의 본질을 파악하고자 아침에 눈을 뜨는 순간부터 잠들 때까지 계속해서 주위를 두리번거린다. 가끔 기분이 좋지 않을 때에도 게으름을 피우지 않고 열심히 주위를 살핀다.

　세상에는 얼마나 많은 표정이 있을까? 지금까지 살아오면서 특별히 궁금해 하던 문제는 아니지만, 어쨌든 세상에는 수십억 명의 사람이 살고 있으니까 그것보다 훨씬 많은 표정이 있을 것이다.

　살다 보면 여러 사람이 동시에 같은 표정을 짓는 순간도 있다. 이런 표정들은 대부분 화내거나 슬퍼하거나 주름이 깊게 패는 좋지 않은 표정들이다. 그리고 어떤 사람들은 섬

뜩할 정도로 여러 가지 표정을 숨기고 있다가 필요에 따라 하나씩 드러내기도 한다.

나는 마흔 살 정도가 되면 쉽게 변하지 않는 인생의 마지막 표정이 얼굴에 자리 잡는다고 생각한다. 이것은 매우 불행한 일이지만 정작 사람들은 자신의 얼굴 표정을 그다지 중요하게 생각하지 않는다. 그래서 화난 주름이 생기고, 찡그린 어둠이 자리 잡는다. 심지어 화장하지 않은 얼굴로는 밖에 나갈 수 없는 사람도 있다.

✚ 사람의 얼굴 표정은 적어도 7가지가 넘는다고 한다. 솔직한 표정, 거짓된 표정, 아부하는 표정, 두려워하는 표정 등 서로 다른 표정이 있다. 우리가 상대에게서 보았던 표정은 진실이 아닐 수도 있다. 어쩌면 마음을 그대로 드러내는 솔직한 표정이 아니라 여러 번 가공한 인위적인 표정이 대부분이었을 것이다. 가식이 넘쳐나는 사회에서 살아남으려면 우리는 다양한 인간관계를 경험해 보아야 한다. 그리고 겉으로 드러난 표정 뒤에 숨은 진짜 표정을 파악하는 방법도 배워야 한다.

✚ 가면을 쓴 인생은 비극적인 인생이다. 자신의 참모습을 드러낼 수 없는 사람은 우울한 삶을 살 수밖에 없다.

참는 것이 이기는 것이다

예술가가 단지 타인의 비평에만 의존한다면 그 작품은 예술의 경지에 도달할 수 없다. 예술은 고독한 것이다. 이런 고독한 예술을 흔들리지 않게 붙잡아 줄 수 있는 것은 사랑뿐이며, 사랑만이 예술을 공정하게 평가할 수 있다.

우리는 어떤 비평을 듣더라도 자신의 신념을 지켜야 한다. 자신의 감정이 흔들리지 않도록 노력해야 한다. 그렇게 해야만 우리가 실수를 했더라도 시간이 흐르면서 다른 사람의 의견을 받아들이며 자연스럽게 성장할 수 있다.

우리는 이성을 바탕으로 정확하게 판단해야 한다. 이성은 자발적으로 마음속 깊은 곳에 자리를 잡고 발전해 나간다. 이성은 남들에게 배척당하지 않으며 급하게 서두르지도 않는다. 이성이 우리 머릿속에서 한 달 동안만 계속 자리할 수만 있다면 우리는 무엇이든 이성적으로 판단하고 행동할 수 있을 것이다.

소위 예술가라는 사람들은 숫자를 세지도, 계산을 하지도 않는다. 그들은 마치 나무처럼 조용히 성장한다. 예술가와 나무는 봄바람을 맞으며 천천히 자란다. 그들은 봄 동안 혹시 여름이 오지 않을까 걱정하지 않는다. 나는 고통 속에서 이런 이치를 배운다. 그래서 고통은 나에게 감사의 대상이 된다.

✚ 인내는 큰 인내와 작은 인내, 이렇게 두 가지로 나눌 수 있다. 한신(韓信)이 불량배의 요구에 따라 가랑이 밑으로 빠져나간 치욕은 작은 인내라 할 수 있다. 역사에 남을 만큼 큰일을 해낸 인물은 이런 짧은 순간의 치욕을 잘 참아냈다. 한 순간의 치욕을 참지 못했다간 나중에는 자칫 아주 오랫동안 더 큰 치욕을 견뎌내야 하기 때문이다.

사마천(司馬遷)은 궁형에 처한 다음에 더욱 분발하여《사기》를 썼다. 이것이야말로 큰 인내라 할 수 있다. 큰일을 이루기 위해 오랫동안 치욕을 참아내는 과정을 목숨을 잃을 정도로 피를 철철 흘리는 것과 같다. 또한 고생을 마다하지 않고 멀고 먼 길을 외롭게 걸어가는 것이나 마찬가지다.

인내는 인간의 성품 중 가장 위대하다. 압력을 가할수록 더 크게 폭발하는 것처럼 인내 역시 대단한 반격의 힘을 가지고 있어 오랫동안 참게 되면 반격할 힘도 더 강해진다. 그러므로 우리는 자신의 인내심을 잘 다스려야 할 뿐만 아니라 다른 사람이 자신 때문에 인내심이 폭발하지 않도록 조심해야 한다.

✚ 우리는 이성을 바탕으로 정확한 판단을 내려야 한다. 이성은 자발적으로 마음속 깊은 곳에 자리를 잡고 발전해 나가고 남들에게 배척당하지 않으며 급하게 서두르지도 않는다.

사랑을 배우다

인류는 지금까지 연구해 온 과제 가운데 사랑을 가장 풀기 어려운 문제로 여기고 있다. 사랑은 다른 일을 하기 위한 준비 작업이라 할 수 있으며, 사랑에 대한 분석은 인생의 마지막 시험이라 할 수 있다.

사랑의 능력은 처음부터 가지고 태어나는 것이 아니다. 그러므로 연애 초보자는 반드시 사랑하는 법을 배우고 익혀야 한다. 제대로 된 사랑을 하려면 자기 자신을 송두리째 걸어야 한다. 하지만 사랑을 배우는 과정은 길고 지루하고 외롭기까지 하다. 상당히 긴 시간 동안 직접 사랑을 경험해 보아야만 하기 때문이다. 제대로 된 사랑을 배우기 위해서 고독은 꼭 필요한 단계이다. 혼자만의 깊은 고독을 맛본 사람만이 사랑의 위대함을 절실하게 느낄 수 있기 때문이다.

사랑은 자기 자신을 희생하는 것이 아니라 상대와 하나가 되는 것이다. 사랑은 스스로 자신의 속마음을 들여다보고 자기 자신을 이해할 수 있게 해주는 성숙함이다. 그러므로 인류가 원하는 숭고한 세계를 창조하려면 성숙한 사랑이 꼭 필요하다.

젊은이가 자신을 단련할 과제로 사랑을 선택했다면 그

는 다른 사람을 위해 자신을 희생할 수 있을 것이다. 하지만 자신의 희생을 기쁜 마음으로 감수하든, 다른 사람들과 정신적으로 결합하든 젊은이는 급하게 서두를 필요가 없다. 사랑은 젊은이들의 마지막 임무가 아니기 때문이다.

✚ 다른 사람을 사랑할 수 있는 것은 매우 영광스러운 일이며 대단한 능력이다. 사랑을 이해하는 것은 우리가 성숙해졌다는 증거이다. 사랑은 자신이 속마음을 들여다보고 자기 자신을 이해할 수 있게 해준다. 또한 사랑은 창조이다. 사랑은 연인끼리, 부부끼리 연습하고 훈련하는 과정 속에서 성장한다.

✚ 사랑은 감정이 아니고 행동이다. 그래서 사랑의 감정이 생기면 먼저 사랑하는 방법을 배워야 한다.

임마누엘 칸트

Immanuel Kant

용감한 자는 아무것도 두려워하지 않는다

담력과 지식을 갖춘 사람은 당황하지 않으며 용감한 사람은 위기가 닥쳐도 전혀 두려워하지 않는다.

경솔한 사람은 때로 용감하다 싶을 정도로 지나치게 무모하다. 하지만 경솔한 사람이 용감하게 행동하는 이유는 용기가 있어서가 아니라 단지 위험을 모르기 때문이다. 반대로 위험을 알면서도 용감하게 모험을 하는 사람은 진짜 대담한 것이다. 성공률이 반도 되지 않는다는 사실을 알면서도 위험을 감수하는 것이 진정한 용기이다. 터키 사람들은 목숨을 걸고 죽음을 두려워하지 않는 자를 용사라고 하며, 나약하고 비겁한 행동을 불명예의 상징으로 본다.

하지만 순간적으로 당황한 것을 공포라고 생각하면 안

되고, 쉽게 공포에 휩싸이는 사람만을 겁쟁이로 취급해야 한다. 겁을 먹는다는 것은 대부분 신체적 감각을 통해 두려움을 느끼고 마음을 진정하지 못하는 상태를 말한다.

한 나라의 지도자가 자다가 갑작스럽게 적이 가까이 쳐들어왔다는 보고를 듣게 되면, 그 순간 온몸의 피가 얼어붙는 것 같은 느낌을 받게 될 것이다. 그것은 결코 겁을 먹었기 때문이 아니다.

그저 참기만 하는 것은 용기라고 할 수 없다. 참기만 하는 것은 약한 자들이 말하는 미덕이다. 참는다는 것은 반항할 힘이 없다는 것을 의미한다. 그런데도 사람들은 참는 것에 익숙해졌고, 어떻게 해서든지 고통을 덜 느끼기만을 바란다.

외과의사의 수술용 칼 앞에 섰을 때나 담석이나 관절염이 발작했을 때 신음하는 것은 겁을 먹은 것도 약해진 것도 아니다. 이것은 지나가다가 돌부리에 부딪쳐 소리를 지르는 것처럼 본능적인 반응이다. 그렇게 밖으로 소리를 지르는 것으로 가슴속 응어리를 밖으로 끄집어내는 것이다.

하지만 미국 인디언들의 참을성은 그 성격이 좀 다르다. 미국 인디언들의 참을성은 반항할 힘이 없어서 어쩔 수 없이 선택한 인내가 아니다. 그들은 무기를 가지고 있었으면서도 자신의 종족이 유린당하는 것을 참고 견디었으며, 나중에도 침략자에게 사과를 요구하지 않았다.

반대로 유럽 사람들은 비슷한 상황에서 단 한 명의 목숨도 살리지 못하고 모두가 죽을 때까지 저항하고 싸웠다. 이러한 용기가 더 많은 것을 실현시킬 수 있을까? 아마도 그렇지 않을 것이다.

나는 때로 용기는 야만적인 허영이라고 생각한다. 인디언들은 큰소리로 울거나 탄식하면서 자신들의 실패를 표현하지 않았다. 그들은 그저 묵묵히 인내하는 것으로 종족의 영예를 지켜낸 것이다.

✚ 용기는 사람들의 관심을 끌어당기는 단어이며, 종종 명예를 동반한다. 영국에는 "크게 모험을 할수록 명예가 더 높아진다"는 말도 있다. 하지만 용감한 행동은 결코 무모하게 허세를 부리거나 운 좋게 얻은 기회를 이용해 부당한 이익을 취하는 것이 아니다.

영웅이란 보통 사람은 할 수 없는 위대한 일을 해낸 사람을 말한다. 다른 사람들을 위해, 나라를 위해, 인류를 위해 자신의 행복을 버리고, 목숨을 바친 용감한 사람들은 대대손손 역사에 남아 세상 사람들의 존경과 찬사를 받는다.

✚ 다음과 같은 우화가 있다.

봄이 다가올 때쯤 비옥한 땅속에서 씨앗 두 개가 대화를 하고 있었다. 첫 번째 씨앗이 말했다.

"나는 열심히 노력해서 무럭무럭 자랄 거야. 나는 아래로 뿌리를 내리고 남들보다 더 튼튼하게 성장할 거야. 봄바람에 줄기와 잎이 춤을 추며 노래를 부르겠지. 나는 따뜻한 햇볕을 맞으며 아침 이슬에 꽃잎을 떨어뜨리는 기쁨도 꼭 누려 볼 거야."

두 번째 씨앗이 말했다.

"나는 겁이 나. 땅속에 뿌리를 내리다 딱딱한 돌을 만나게 되면 어떡하지? 온 힘을 다해 돌을 뚫고 나간다고 해도 내 약한 줄기는 상처를 입고 말 거야. 달팽이가 내 새싹을 먹어버릴 수도 있을 테고. 게다가 열매를 맺으면 어린아이들이 내 뿌리까지 송두리째 뽑아가지는 않을까? 나는 모든 것이 안전해질 때까지 그냥 기다려야겠어."

첫 번째 씨앗은 그의 말처럼 무럭무럭 자랐지만 두 번째 씨앗은 계속해서 땅속에서 움츠리고 있었다. 그리고 며칠 후, 암탉 한 마리가 밭은 쪼며 돌아다니고 있었다. 두 번째 씨앗은 결국 암탉의 배속으로 사라지고 말았다.

두려움 없이 용감하게 산다면 얼마든지 다채로운 인생을 경험할 수 있다. 하지만 도망만 치는 약해 빠진 사람들은 남들이 기억하지 못하는 구석에 처박혀 참담한 인생을 살 수밖에 없다.

베르톨트 브레히트
Bertolt Brecht

―――

아내를 그리워하다

나는 안다. 공허한 생활과 아내가 내 머리카락을 빠지게 한다는 것을.

나는 어쩔 수 없이 아내의 묘비 옆에 조용히 누웠고, 사람들은 내가 마시고 있는 값싼 소주를 바라본다. 그러나 나는 바람 속으로 걸어간다.

이런 날도 있었다. 아내와 내가 티 없이 맑은 옥처럼 순결했던 나날들!

나에게는 원래 현명한 아내가 있었다. 그녀는 나보다 훨씬 나은 사람이었다. 푸른 채소가 소고기보다 더 나은 것처럼 아내는 여러 면에서 나보다 훨씬 나았다. 그리고 아내는 지금도 여전히 푸른 풀이 되어 또다시 생생하게 자라나고 있다.

옛날에 아내는 나의 생생함을 보았고, 그녀는 여전히 변함없이 나를 사랑한다.

그녀는 자신이 가야할 길을 묻지 않고 이미 죽음의 내리막길로 가버렸다.

예전에 나와 약혼하던 날 그녀는 나에게 말했다.

"당신은 나의 전부야."

이제 다시는 그녀의 그림자조차 찾을 수 없다. 그녀는 뜬구름이 흘러가듯 사라졌기 때문이다.

그래서 나는 비가 온 다음에 그 뜬구름을 따라 마음껏 흘러간다.

이것이 바로 내 사랑의 여정이다.

나는 매일 밤마다 술을 마시며 바람을 맞아 창백해진 아내의 얼굴을 상상한다. 그리고 강풍이 불어오는 그곳을 향해 절을 올린다.

✚ 수많은 사람 중에서 당신이 만난 그 사람은 단 한 걸음도 빠르거나 늦지 않게 정확한 순간에 당신 앞에 나타난 것이다.

어느 누가 천 년에 한 번 만나기도 어려운 이 소중한 인연을 귀하게 여기지 않을 수 있겠는가? 어떻게 자신의 아내를 사랑하지 않을 수 있겠는가?

사랑하는 사람을 잃고 나서 예전의 아름다웠던 추억을 떠올리며 후회하지 마라. 바로 지금, 당신 옆에 있는 사람에게 관심을 기울이고, 잘해 주어라. 당신의 사랑을 느낄 수 있도록 하고, 예전처럼 그 사람을 감동시켜라.

✚ 당신이 진심으로 상대방을 사랑해야 당신의 사랑이 귀중해지는 것이다.

4장

러시아

레프 톨스토이

Leo Nikolayevich Tolstoy

———

진정한 생명의 탄생, 이성

오랫동안 인간의 생명을 관찰한 결과, 진정한 생명은 인간의 내면에 있다는 사실을 깨달았다. 생명은 씨앗과 같아서 일단 싹이 트면 밖으로 자라 나온다.

　　인간도 동물인지라 육체적 행복을 추구하는 것은 자연스러운 일이다. 하지만 인간은 이성(理性)적인 동물이다. 인간의 이성은 육체적 행복을 넘어 정신적 행복을 갈망한다. 하지만 정신적 행복은 우리 눈에 보이지 않기 때문에 얻기가 어렵다. 그래서 어쩔 수 없이 사람들은 육체적 행복에 집착하게 된다. 그렇지만 이성을 영원히 잠재울 수는 없기 때문에 사람들은 다시 육체적 행복을 포기하고 정신적 행복을 찾아 나선다.

　　정신적인 행복을 찾기는 결코 쉽지 않은 법, 다시 육체적 행복으로 돌아가고 싶어도 때는 이미 늦었다. 그때쯤이면 육체가 지치고 병들어 삶을 이어갈 수가 없게 되었을 테니까 말이다. 그러므로 그때를 놓치지 않기 위해서 인간의 내면에서는 이성에 대한 갈망이 자리 잡는 것이며, 진정한 생명을 전파하기 위해 인간은 계속해서 대를 이어 세상에 태어나는 것이다.

　　생명의 탄생은 스스로 원한다고 해서 이루어지는 일이 아니다. 아기가 바깥세상의 삶을 동경해서 태어나는 것이 아닌 것처럼 말이다. 우리의 생명은 그저 아기로 태어나 어른으로 자라나야 하는 숙명이다. 이렇듯 사람은 태어났을 때의 모습 그대로 살아갈 수는 없다. 환경은 계속해서 변하고 과거의 환경은 사라져간다. 우리는 계속해서 새로운 환경, 새로운 생활에 적응해야 한다.

　　이성은 우리 몸 안에서 계속 성장한다. 즉, 목숨이 다하는 순간까지 계속해서 자란다. 그것은 씨앗이 새싹으로 자라나는 과정과 비슷하다. 씨앗은 전쟁과도 같은 자기분해 과정을 거쳐 새싹으로 탈바꿈한다. 새싹은 씨앗에서 영양분을 섭취하며 계속해서 성장하는데, 이는 사람도 마찬가지다. 하나의 씨앗에 불과하던 인간의 육체에서 이성이 차

즘 자라나는 것이다. 하지만 아기가 어떤 과정을 거쳐 어떻게 태어나는지 육체의 탄생 과정을 눈으로 볼 수 있는 것과는 달리 이성의 탄생은 눈에 보이지 않는다.

우리는 씨앗이 곧 열매라는 사실을 알고 있다. 시간과 정성을 들이면 씨앗에서 새싹이 나오고 그 새싹이 자라 꽃을 피우고 열매를 맺는다는 사실을 이미 알고 있는 것이다. 우리는 모든 생명의 성장 과정을 눈으로 볼 수 있다. 하지만 이성의 성장 과정만큼은 눈으로 볼 수 없다. 이성은 우리 내면에서 자라고 완성되기 때문이다. 인간은 자기 자신의 탄생 과정은 물론이고 자신의 이성도 들여다 볼 수가 없다. 씨앗이 자신의 새싹을 볼 수 없는 것처럼 말이다.

내면에 자리 잡은 이성이 세상 밖으로 뛰쳐나오려 하면 우리는 순간 당황한다. 어느 정도 정신적인 충격을 받게 되기 때문이다. 또한 뭔가 잘못된 것은 아닌지 의심하게 된다. 하지만 이것은 자연스러운 현상이다. 이성이 꿈틀거린다는 것은 새로운 탄생을 의미한다.

만약 다른 사람의 존재를 무시하고 삶의 즐거움도 모르고 살아간다면 그 사람은 어떠한 만족감도 느끼지 못할 것이다. 자신이 살아있다는 것도 느끼지 못하고 자신의 내면에 자리 잡은 이성의 존재도 깨닫지 못할 것이다. 그렇다면 그는 죽은 목숨이나 마찬가지이다.

자신을 소중히 여기지 않는다면 항상 고통의 그림자가 당신을 따라다닐 것이다. 아울러 그런 상태에서는 마음속의 이성이 제대로 힘을 발휘하지 못할 뿐만 아니라 오히려 자신의 생명이 새로운 이성의 탄생을 갈망하고 있다는 사실 때문에 괴로울 것이다. 이미 발아돼 분해 과정을 거친 씨앗은 평온하다. 우리도 그렇게 내 안에서 새로운 생명, 이성이 자라는 것을 편안하게 받아들여야 할 것이다.

✚　　이성의 자각이야말로 진정한 생명이다. 우리는 씨앗이 두터운 흙을 뚫고 나오는 것과 비슷한 과정을 겪으며 성장한다. 따가운 빛을 받고, 세찬 바람을 견디고, 비를 맞기도 하면서 자라는 것이다. 이렇듯 어려움을 극복하고 살아남는 것이 자연의 법칙이다. 이성이 눈을 뜨기 시작하면서부터 우리는 삶의 모순을 발견하고 고통을 겪게 된다. 이런 고통을 견뎌내야만 우리는 한 단계 더 성장할 수 있다. 아울러 우리는 더 나은 삶을 위해 부단히 노력해야 한다.

✚　　**진정한 생명은 인간의 내면에 있다. 생명은 씨앗과 같아서 일단 싹이 트면 밖으로 자라 나온다.**

인생은 행복을 추구하는 과정이다

인생은 행복을 추구하는 과정이며, 간절히 원하고 노력한 다면 꿈은 반드시 이루어진다.

인간이 영혼의 존재를 무시한 채 그저 육체적 생명만을 인정한다면 죽음은 두려움의 대상이며, 심지어 악처럼 느껴질 것이다. 그러나 인간은 육체적 생명만을 가진 단순한 동물이 아니다. 그러므로 우리는 죽음을 두려워 할 필요가 없다.

죽음은 예상치 못한 곳에서 나타나 우리를 놀라게 한다. 하지만 실제로 죽음은 우리가 태어날 때부터 늘 우리 옆에 있었다. 그렇게 우리가 사회의 규칙을 지키고 사랑하며 살아가는 동안 늘 옆에 있다가 생명의 규칙을 위배하는 순간에 나타나는 것이다. 그래서 자신만의 규칙을 지키며 살아가는 사람에게는 고통스러운 죽음 따위는 없다.

무거운 짐을 진 자들아, 내게로 오라. 내가 너희를 쉬게 하리라.

나는 마음이 온유하고 겸손하니, 나의 멍에를 메고 내게 배우라.

그러면 너희 마음이 쉼을 얻으리니.

이는 네 멍에는 쉽고 내 짐은 가벼움이라. - 《마태복음》제11장

인생은 행복을 추구하는 과정이다. 사람이 간절한 마음으로 행복을 추구한다면 얼마든지 죽음 없는 생명과 고통 없는 행복을 누릴 수 있다.

✚　행복 추구는 인류의 권리이자 소망이다. 하늘은 스스로 돕는 자를 돕는다는 말처럼, 행복을 추구하는 사람에게는 우주 만물이 그를 위해 길을 열어 줄 것이다.

　　진정한 행복은 육체적 편안함이나 방종을 의미하는 것이 아니라 영혼이 즐거움을 느끼는 상태를 말한다. 그러므로 진정한 행복은 우리 마음속에 있는 것이다.

✚　인생을 대하는 당신의 태도에 따라 당신의 인생이 결정된다. 만약 지금의 생활이 즐겁지 않다면 바로 지금 과감하게 변화를 시도해 보아라. 그것을 새로운 기회라고 생각하라. 그러면 반드시 즐거운 일들이 생길 것이다.

사랑의 감정은 이성에서 나온다

이성적인 사람은 단순히 인생의 목적을 위해서만 살아가지 않는다. 그들은 보통 사람들이 도달하기 어려운 목표를 세우는 것과는 달리 실현 가능한 목표를 세우고 실천에 옮기며 만족을 얻는다. 하지만 애초부터 잘못된 학설의 영향을 받은 사람들은 이런 실현 가능한 목표에 관심을 기울이지 않는다.

이성을 따르려고 하면 육체적 존재로서의 욕망을 채우기 어렵다. 보통 사람들은 강렬한 욕망을 가지고 있다. 그래서 아무리 노력해도 이성적으로 판단하고 행동하기 어려운 것이다. 그래서 어떤 사람들은 이성을 잃은 채 육체적 존재로서 살아가고, 그러한 선택의 결과 갖가지 고통을 받게 되며, 그 고통에서 벗어날 궁리를 하게 된다.

몇몇 소극적인 철학자 역시 이런 식으로 아무렇게나 문제를 해결하며 생활을 부정했다. 그래도 그들은 계속해서 삶을 이어갔다. 그 중에는 자살이라는 방으로 자신의 삶을 포기하는 사람들도 있는데, 그들은 그 길만이 고통스러운 생활에서 벗어날 수 있는 유일한 출구라고 착각했던 것 같다. 그들에게는 육체적 존재로서 계속해서 살아가고 싶은 욕망이 있었지만, 자신의 삶에 사랑이 부족하다는 사실이 너무나 불만족스러웠다 인간의 생명은 사랑을 기반으로 해야 하는데 사랑에 대한 만족감을 느낄 수 없으니 생명을 포기해 버리고 만 것이다.

생명의 기반인 사랑은 마음속에서 피어나기 때문에 겉으로는 잘 보이지 않는다. 마치 어린 싹이 비슷비슷하게 생긴 잡초 속에서 피어나 잘 보이지 않는 것과 비슷하다. 종종 인간은 각종 성욕이라는 잡초를 사랑의 새싹이라고 착각하기도 한다.

최초의 인간은 사랑이라는 새싹이 큰 나무로 자랄 것을 미리 알았을 것이다. 하지만 나무 위에 새들이 가득하고 잡초를 비롯한 다른 싹들도 많아 사랑의 새싹이 무럭무럭 자라나기는 어려웠다. 그래서 인간은 느긋하게 기다리지 못하고 빨리 잘 자라는 잡초의 싹을 더 편애하게 된 것이다. 심지어 진정한 생명력을 가진 사랑이라는 새싹을 발견한 다음에는 그것을 밟아 죽여 버리고 그 자리에 다른 잡초 싹을 키우기 시작했다. 그리고 그 잡초 싹을 사랑의 싹이라고 생각하며 살았던 것이다.

원래 사랑의 싹을 발견했을 때 인간은 거친 손으로 그 어린 싹을 뽑으며 이렇게 외쳤다.

"와! 여기 있었구나! 우리가 사랑을 찾아냈어. 우리는 이제 사랑이 뭔지 알게 되었어. 우리는 사랑이 더 잘 자라도록 잘 키울 거야. 사랑! 그 숭고한 감정이 바로 여기 있다고!"

사람들은 사랑의 싹을 심고 그것을 개량하고 만지고 독점했다. 그래서 사랑의 싹은 제대로 자라지 못했고, 꽃을 피워보지도 못한 채 죽어버렸다. 그러자 사람들은 사랑이 아무 쓸모없고 허망하고 무료한 감상이라고 생각했다. 사랑이라는 새싹은 매우 약해서 사람들의 강한 손길을 이겨내지 못한다. 하지만 새싹일 때는 이렇게 약하디 약한 사랑이 다 자란 다음에는 그 무엇과도 비교할 수 없을 정도로 강해진다. 위에서 말한 사람들의 행동은 사랑에게 재앙만 남겨주었다.

사랑이라는 새싹이 원하는 것은 단 하나뿐이다. 자신을 비추는 태양, 즉 이성적인 사고를 막지 말아 달라는 것. 이성이라는 태양은 사랑의 싹을 자라게 할 수 있는 유일한 힘이기 때문이다.

✚   욕망과 맹목적인 감정은 사랑을 파괴하는 힘을 가지고 있으며, 이성적이지 못한 사랑은 죽음을 불러들인다. 그러므로 희망이라는 영양분을 주어야만 사랑은 계속해서 바르게 성장할 수 있다. 봄날의 따

사로운 햇볕, 촉촉한 빗방울과 이슬, 세심한 마음과 이성적 사고가
사랑을 자라게 한다.

✚　인간의 모순을 해결해 줄 수 있는 것은 행복한 감정뿐이며, 사람은
모두 이런 감정을 품고 있다. 이것이 바로 사랑이다.

도스토예프스키

Dostoevskii

———

공포

문득 자신이 도둑질해 온 지갑과 물건이 아직 가방에 그대로 있다는 사실이 떠올랐다. 그래서 그는 곧바로 가방에서 물건들을 꺼내 책상 위에 펼쳐 놓았다. 그리고 그 물건들을 모조리 챙겨 구석으로 가져갔다. 도배지가 찢어진 곳에 구멍이 하나 나 있었다. 그는 그 구멍 속에 물건을 감추었다.

"전부 다 들어가네. 지갑도 보이지 않고, 완벽해!"

그는 신이 나서 일어서며 한 번 더 그 구멍을 쳐다보았다. 그런데 갑자기 멀쩡한 구멍이 불룩해 보였다.

"맙소사!"

"도대체 어떻게 된 거지? 티 안 나게 잘 넣어두었는데 말이야. 여기 숨겨두는 게 가장 안전할 것 같은데 어떡하지?

조금 전까지도 괜찮았었는데 도대체 왜 이렇게 불룩해진 거냐고?"

그는 힘이 쭉 빠져서 쓰러지듯 소파에 앉아 부들부들 몸을 떨었다. 그리고 옆에 있는 의자에서 낡아빠진 외투를 집어 들어 몸에 덮고는 금세 의식을 잃었다. 하지만 5분도 지나지 않아 그는 깜짝 놀라 일어났다. 그는 미친 듯이 옷을 잡아 뜯으며 발을 동동 굴렀다.

"어떻게 여태 아무 일도 하지 않고 잠이 들어버렸을까? 맞아, 맞아, 아직 소매에 있는 매듭도 풀지 않은 걸 보니 모두 새까맣게 잊고 있었던 거야."

그는 매듭을 잡아당겨 풀더니 헝겊을 조각조각 찢었다. 그리고 그 찢어진 헝겊 조각을 베개 밑에 넣어둔 셔츠 안에 숨겼다.

"앞으로 어떻게 되든 셔츠 때문에 혐의를 받지는 않을 거야. 나는 잡히고 싶지 않아. 나는 잡히지 않을 거야!"

그는 계속해서 중얼거렸다. 그는 다시 정신을 집중해서 방 안 곳곳을 자세히 살펴보았다. 하지만 아무런 기억도 나지 않았고 어떻게 해야 할지 판단도 서지 않았다. 자기의 모든 능력이 사라진 것만 같았다. 그의 이런 느낌은 점점 확신이 되었고, 점점 견디기 어려운 고통이 되었다.

"설마 벌써 시작된 건 아니겠지? 벌써 벌을 받을 때가 온 걸까?"

그는 바지에 남아 있던 헝겊 조각을 눈에 잘 띄는 방바닥 한가운데에 던지며 소리쳤다.

"도대체 내가 왜 이러지? 도대체 이게 다 어떻게 된 일이야?"

그는 미친 사람처럼 소리를 질렀다. 그때 퍼뜩 머릿속에서 무서운 생각이 떠올랐다. '그의 옷은 피투성이가 되어 있는데 정작 자신만 그 사실을 모르고 있다. 그리고 자신은 이미 이성을 잃어 정신을 집중할 수도 없는 상태에 빠져 있다. ……' 이런 생각을 하다가 그는 불현듯 훔친 지갑에 묻어 있던 핏자국이 떠올랐다.

"아, 그럼 내 가방에도 피가 묻었을 텐데!"

그는 부리나케 가방을 뒤지기 시작했다. 가방을 뒤집어 보니 역시 안쪽에 얼룩이 있었다.

"내가 아직 완전히 정신을 잃은 건 아닌가 보네. 이걸 기억해낸 걸 보니 아직 가능성이 있어."

그는 자기 자신을 위로하며 깊은 한숨을 쉬었다.

"지금은 단지 몸이 약해져서 열이 좀 나고 정신이 혼미한 것뿐이야."

그는 바지 왼쪽 주머니를 뒤집어 보았다. 그때 햇빛이 그의 오른쪽 구두를 비추었다. 찢어진 구두에서 삐져나온 양말에 핏자국 같은 것이 보였다. 그는 구두를 벗고 양말을 자세히 들여다보았다.

"이런, 제길! 양말에 온통 피가 묻었잖아. 이건 정말 확실한 증거인데."

아마 물건을 훔칠 때 조심하지 않고 피가 흥건한 곳을 밟은 모양이었다.

"이제 이 일을 어쩌면 좋아? 양말하고 가방을 대체 어디에 숨긴담?"

그는 양말과 가방을 들고 방 한가운데에 섰다.

"난로에 태우면 되겠군. 아, 근데 난로는 어디에 있지? 아참, 성냥도 없는데? 아니야, 밖에다가 버리는 게 더 낫겠어. 아무 데나 갖다 버리면 되겠지."

그는 계속 중얼거리다가 소파에 앉았다.

"아, 빨리 갖다 버려야 해. 머뭇거릴 시간이 없어."

하지만 그의 머리는 어느새 베개 위에 있었다. 그는 추위와 싸우느라 온몸이 쇠약해졌으며 정신도 혼미했다. 그는 여러 번 몸을 일으키려고 생각했다. 의심받을 만한 물건을 얼른 내다 버려야겠다고 생각했다. 하지만 몸이 말을 듣지 않았다. 소파에 기댄 채 그는 움직일 수가 없었다. 그는 마음속으로 계속 외쳤다. "빨리, 빨리……."

그때 밖에서 누군가 문을 격렬하게 두드리는 소리가 들렸다. 그는 그제야 정신을 차렸다.

✚ 정상적인 공포와 병적인 공포는 서로 다르다. 이에 관해 독일의 심리학자 프로이트는 매우 그럴듯한 해석을 내놓았다.

아프리카의 깊은 숲속에서 뱀을 보고 느끼는 공포는 정상적인 것으로, 이런 공포심은 자기 자신을 보호해준다. 그러나 방안에 있는 사람이 담요 밑에 뱀이 있다고 생각하는 것은 병적이고 비정상적인 공포심이다. 아프리카의 가난한 국가에 살고 있는 아기 엄마가 자신의 아기가 굶어 죽을 것을 두려워하는 것은 정상적인 공포이다. 그러나 미국의 부자 엄마가 자신의 아이가 영양결핍으로 죽을까 봐 걱정한다면 이것은 병적이고 비정상적인 공포이다. 이런 비정상적인 공포는 양심의 가책이나 초조, 두려움, 증오심 등의 감정에서 비롯된다.

많은 사람들이 공포심을 느끼며 생활하고 있다. 공포를 느끼는 사람들은 빨리 늙으며, 공포심은 인간의 수명을 단축시킨다. 인간의 생리 기능에 영향을 끼쳐 인체 각 기관에 화학적 변화를 가져오기 때문이다. 공포심은 마음의 평화를 깨뜨리고 인생을 비극으로 만든다. 세상에는 공포심이라는 악마의 습격을 받고 억울하게 무덤에 묻힌 사람이 얼마나 많은지 모른다. 공포심은 아무짝에도 쓸모없는 것으로, 공포심으로 가득한 사람은 정상적인 생활을 할 수가 없게 된다.

✚ 나쁜 습관을 고치려고 노력하는 것처럼 마음속에서 공포심을 물리 치려고 노력해야 한다. 자신감, 용기, 낙관적인 생각 등은 공포심을 떨쳐버릴 수 있는 묘약이다. 무언가 두려운 것이 생기면 이런 묘약을 사용해 하루빨리 치료를 받기를 바란다. 그러면 곧바로 공포심이 사 라질 것이다.

알렉산드르 세르게예비치 푸시킨
Alexander Sergeyevich Pushkin

바보의 평가

말도 안 되는 비평과 비웃음 소리를 한 번도 들어보지 않은 사람이 있을까? 사람이라면 누구나 이런 억울함을 감수해야 한다. 모든 사람에게는 다른 사람을 비평할 자유가 있기 때문이다. 하지만 다른 사람의 악의적인 비평이나 말도 안 되는 비난을 들으면 충격을 받지 않을 수 없다. 사람의 마음을 후비는 악랄한 비평은 어떤 아픔보다 통증이 심하다.

사람은 능력이 허락하는 한 무슨 일이든 할 수 있고, 대개 온 힘을 다해 노력하고 성실하게 일한다. 그러므로 비난을 피하고 싶은 것이 인간의 솔직한 심정이고, 안 좋은 비평을 듣고 기분이 나빠지는 것은 자연스러운 일이다.

"저리 꺼져버려, 이 자식아! 내가 어떤 사람인지도 몰라보고 나를 모욕한다면 원수가 될 수밖에 없지. 일이고 뭐고 필요 없다고!"

솔직히 이렇게 비평의 목소리를 향해 고함을 지르고 싶을 것이다. 하지만 그럴 수 없다. 대부분의 사람들은 변명 한 마디 없이 계속 일을 할 것이다. 그리고 가끔은 아예 공정한 평가를 포기하기까지 한다.

예전에 농부 한 명이 행인에게 욕을 마구 퍼부었다. 그 행인은 가난한 농민들에게 빵의 대용품인 감자를 주려고 했는데, 이 선물을 건네주다가 그만 땅에 떨어뜨렸다. 그는 어쩔 수 없이 진흙 속에 떨어진 감자를 발로 짓밟아버렸던 것이다.

세월이 흐르면서 땅 속으로부터 감자의 싹이 나더니 점점 자랐고, 사람들은 맛있게 감자를 먹으며 허기를 달랬다. 하지만 사람들은 그 씨앗을 퍼뜨린 은인의 이름을 모른다. 하긴 그의 이름이 뭐 그리 중요하겠는가? 어쨌든 행인은 후대에 이름을 남기지는 못했지만 많은 사람을 굶주림에서 구원해주었다.

"나를 때려도 좋다. 하지만 내 말을 꼭 듣기 바란다."

아테네의 지도자가 스파르타 국민에게 한 말이다.

"나를 때려도 좋아. 내 비평 덕분에 네가 더 성숙할 수만 있다면!"

우리는 이렇게 말할 수 있어야 한다. 사랑하는 사람의 입에서 잘못된 꾸지람과 상처가 되는 말을 듣게 되더라도 참을 줄 알아야 한다.

✚   다른 사람의 악의적인 평가를 무시해 버리기는 매우 어렵다. 그렇다면 어떻게 대응하는 것이 좋을까? 오해에서 비롯된 냉혹한 비평은 시간이 지나면 먼지처럼 사라진다. 악랄한 말과 거만한 눈빛은 우리의 선한 마음을 뚫고 들어올 수 없다. 그러므로 다른 사람의 비평에 지나치게 마음 쓸 필요는 없다. 그저 묵묵히 선한 마음과 인자함을 지켜내면 된다.

✚   **사람의 마음을 후비는 악랄한 비평은 어떤 아픔보다 통증이 심하다.**

이반 세르게예비치 투르게네프

Ivan Sergeyevich Turgene

노인

우울한 암흑의 시간이 다가왔다.

질병, 가족들의 고통, 노년의 처량함과 비참함……

당신이 좋아했던 것과 당신이 몸 바쳤던 모든 일들은 다시는 돌아오지 않는다. 그저 망가지고 사라질 뿐! 당신은 지금 내리막길을 걷고 있는 것이다.

어떻게 해야 할까? 슬퍼해야 할까? 스스로 위로해야 할까?

그저 슬퍼하고만 있는 것은 당신에게도 다른 사람에게도 아무런 도움이 되지 않는다.

나무에서 시들시들 메마른 나뭇잎들이 다 떨어지고 가지만 앙상하게 남았다 해도 나무는 아직 죽지 않았다.

　　가슴이 답답할 때는 지난 일들을 떠올려 보라. 옛 기억을 더듬어 보라. 만감이 교차하면서 옛날 일들이 어제 일처럼 생생하게 떠오를 것이다. 자기 자신을 위해 찬란하게 불을 밝히고 자신만의 향기를 내뿜어라. 예전처럼 파릇파릇 활기찬 봄을 만끽하라.

　　하지만 조심해야 한다. 더는 앞만 보고 달릴 수 없는 가련한 노인이여!

✚　　노인에게는 오랜 경험을 통해 터득한 지혜가 있다. 풍부한 경험은 젊은 세대가 갖지 못한 노인만의 장점이고 노인만의 최대 자본이다. 그렇다! 생각하고 기억해 내고 추억을 만끽하라. 그 안에 과거의 영광과 현재의 기쁨이 함께 자리하고 있으니!

✚　　자기 자신을 위해 찬란하게 불을 밝히고 자신만의 향기를 내뿜어라. 예전처럼 파릇파릇 활기찬 봄을 만끽하라.

거지

길을 걷는데 나이 지긋한 거지가 앞을 막아섰다. 빨갛게 충혈된 두 눈에는 눈물이 가득 고여 있었고 입술은 시퍼렇게 질려 있었으며 옷차림 또한 남루했다. 몸 여기저기에는 곪아 터진 상처도 많았다. 가난이 그를 이렇게 불쌍한 몰골로 바꿔놓은 거겠지!

그는 퉁퉁 부은 더러운 손을 내밀며 애처롭게 구걸했다. 하지만 주머니를 다 뒤져도 지갑은커녕 손수건 한 장도 나오지 않았다. 나는 그때 시계조차 차지 않은 맨몸이었던 것이다. 거지는 몸을 부들부들 떨면서 손을 내민 채 그대로 서 있었다. 나는 어쩌면 좋을지 몰라서 그저 그의 더러운 손을 덥석 붙잡고 말했다.

"어르신, 죄송합니다. 제가 지금은 가진 게 아무것도 없네요."

그러자 거지는 웃는 얼굴로 나를 보더니 내 손을 마주 꼭 붙잡으며 대답했다.

"아닙니다, 선생님. 제 손을 잡아주신 것이 제게는 그 무엇보다 큰 기쁨입니다."

그제야 나는 그 노인에게 한 수 배웠다는 것을 깨달았다.

✚   누군가를 돕는 것이 꼭 물질적인 도움만을 뜻하는 것은 아니다. 진실
    한 눈빛, 마음속에서 우러나오는 관심과 배려, 따뜻하게 손을 잡아주
    는 것이 어쩌면 소외된 이웃들에게는 물질적인 도움보다 더 절실하
    게 필요한 것일지도 모른다. 진솔한 마음으로 가슴속의 사랑을 표현
    하면 상대의 마음을 움직이고 고귀한 영혼을 울릴 수 있다.

✚   **거지가 진정으로 원하는 것은 몇 푼의 돈이나 값싼 동정이 아니라 인
    격적인 대우이다.**

소인배

소인배 한 명이 살고 있었다. 그는 오랫동안 아무 문제없이 잘 살고 있었는데 어느 날, 사람들이 자신을 멍청하게 생각하고 있다는 소문을 듣게 되었다. 소인배는 기분이 우울해졌다.

'도대체 어떻게 해야 이런 짜증나는 소문을 막을 수 있을까?' 순간 우둔한 그의 머리에서 좋은 생각이 떠올랐다. 그는 서슴없이 자신의 생각을 실천에 옮겼다.

길에서 우연히 만난 친구가 소인배에게 색감이 뛰어난 유명 화가를 칭찬하자 소인배는 목소리를 높이며 말했다.

"그 화가 벌써 한물갔는데 아직도 몰랐어? 네가 그렇게 둔한 놈인지 정말 몰랐네."

친구는 당황하며 얼른 소인배의 말에 동의했다.

이번엔 다른 친구가 소인배에게 말을 걸었다.

"오늘 내가 정말 좋은 책을 한 권 읽었는데……."

"좋기는……. 넌 창피하지도 않니? 그 책 재미없다고 소문난 게 언젠데? 너, 너무 감각 없는 거 아니야?"

이 친구 역시 당황하며 소인배의 말에 동의했다.

"그 친구는 참 좋은 사람이야. 아주 고상한 인물이라고."

또 다른 친구가 말했다.

"그 친구가 좋은 사람이라고? 친척들의 물건을 강제로 빼앗아 가는 아주 형편없는 사람이라던데. 남들 다 아는 이야기를 왜 너만 여태 모르니?"

세 번째 친구도 매우 당황하며 소인배의 말을 믿었다. 그래서 좋은 사람이라고 칭찬했던 그 친구와 다시는 만나지 않았다.

소인배는 늘 친구들에게 비난조로 말했다.

"너 아직도 권위를 믿는 거니?"

무슨 일이든 소인배가 계속 반박을 하고 나섰기 때문에 사람들은 그 앞에서는 아무것도 칭찬할 수 없게 되었다.

"이런 악랄하고 못된 녀석."

친구들은 소인배를 이렇게 평가했다. 하지만 그러면서도 한편으로는 놀라움을 금치 못했다.

"그 녀석 머리는 정말 대단해!"

"그 녀석, 말은 참 잘해!"

"그 놈은 천재인 것 같아!"

소인배는 점점 유명해졌다. 그러자 신문사에서 소인배에게 칼럼 하나를 맡겼다. 칼럼을 쓰면서도 소인배는 계속해서 뻣뻣한 태도로 사람들을 비난했다. 그는 자신 있게 권

위에 저항하는 사람으로 평가받고 있었지만 그 역시 이제 또 다른 권위자가 되어 있었다. 젊은이들은 그를 숭배하면서도 한편으로는 그를 두려워했다.

가엾은 젊은이들은 어떻게 해야 할까? 제대로 된 환경이라면 어릿광대 같은 소인배를 존경한다는 것은 말도 안 되는 소리일 것이다. 하지만 소인배의 말이 진실인 것처럼 되어버린 지금 상황에서는 그를 존경하지 않는다면 시대착오적인 사람으로 낙인찍힐 것이 뻔하다. 자기 주관이라고는 없는 겁쟁이들 틈에서 소인배는 여전히 승승장구하고 있다.

✚ '빈 수레가 요란하다'는 속담처럼 입담 좋은 사람의 미숙한 비난은 그저 겉만 번지르르할 뿐, 속이 차지 않은 허울이다. 진정한 비판은 시간과 공간을 초월하여 대중의 묵시적인 동의와 객관적인 평가에서 나온다. 무슨 일이든 성급하게 판단할 필요는 없다. 시간은 세상에서 가장 공정한 심판이다. 시간이 지나면 진실은 저절로 드러날 것이다.

✚ 용감한 사람은 시간을 갖고 불공정한 평가와 유언비어에 당당하게 맞서 싸운다. 반면에 오만에 빠진 소인배가 내뱉은 비난은 시간이 지나면 반드시 역사의 구석으로 밀려날 것이다.

안톤 체호프

Anton Pavlovich Chekhov

———

인생은 아름다워

인생은 그다지 유쾌하지 않은 농담과 같다. 그러나 인생을 아름답게 하는 것이 그렇게 어려운 일은 아니다. 비단 20만 루블(러시아 화폐 단위)의 복권에 당첨되고, 훈장을 받고, 예쁜 여자와 결혼을 하고, 명예를 떨쳐야만 인생이 아름다운 것은 아니다. 운은 계속해서 바뀌며 인생은 습관들이기 나름이다. 행복하려면 현재 생활에 만족할 줄 알아야 하며 모든 것을 기쁘게 받아들일 줄 알아야 한다.

주머니 속에 있는 성냥에 불이 붙었다고 해도 기뻐하라. 당신의 주머니가 화약고가 아닌 게 어딘가? 가난한 친척이 별장으로 찾아와도 하얗게 질리지 말고 반갑게 맞이하라. "와! 정말 잘 된 일이네. 경찰이 아니라서 천만다행이야."라고 말하라. 당신의 아내나 처제가 피아노 연습을 해도 시끄럽다고 화내지 말고 기쁘게 받아들여라. 아무리 피아노 소리가 엉망이라도 당신이 듣고 있는 소리는 늑대 울음소리나 고양이 소리가 아닌 음악 소리이니 말이다.

당신은 당연히 기뻐해야 한다. 당신은 장거리를 달리는 말도 아니며, 도둑 무리의 졸개도 아니며 집시에게 끌려 다니는 곰도 아니며, 벌레도, 돼지도, 당나귀도 아니지 않은가?

당신은 마땅히 기뻐해야 한다. 당신은 피고석에 앉아 있지도 않고, 빚쟁이와 마주 앉아 있지도 않으며, 편집장과 원고료 문제를 상의하고 있지도 않기 때문에 당신은 마땅히 기뻐해야 한다.

만약 당신이 외떨어진 변두리에 살지 않는다면, 당신을 그렇게 살게 해준 운명에 감사해야 한다. 이것이 바로 당신이 행복을 느껴야 하는 이유 아니겠는가?

만약 치통을 앓고 있다고 해도 당신은 기뻐해야 한다. 다행히도 입안 전체가 아픈 것은 아니지 않은가?

당신은 기뻐해야 한다. 당신은 억지로 읽기 싫은 글을 읽지 않아도 되고, 쓰레기차에 앉을 필요도 없으며, 한 번에 세 명의 여자와 결혼을 하지 않아도 되지 않는가?

만약 당신이 경찰서에 붙잡혀 갔다고 해도 당신은 뛸 듯이 기뻐해야 한다. 다행히도 당신을 지옥의 불구덩이에 처넣지는 않았으니까.

만약 당신이 자작나무 몽둥이로 맞았다고 해도 당신은 뛸 듯이 기뻐해야 한다. "나는 행운아야. 가시나무 몽둥이로 맞은 건 아니잖아."라며 기뻐해야 한다.

아내의 마음이 식었다고 해도 기뻐해야 한다. 다행히 그녀가 당신을 배신한 것은 아니니까.

내 충고를 한 번 실천해 보아라. 내 충고를 바탕으로 모든 일을 기쁘게 받아들이면 당신의 인생은 분명히 더욱 즐거워질 테니 말이다.

✚ 절망의 그림자를 안고 사는 사람은 문밖에서 들어오는 빛을 스스로 막고 서 있는 것이나 마찬가지다. 모든 일은 동전의 앞면과 뒷면처럼 양면성을 가지고 있다. 인생이 반드시 자신의 뜻대로 되는 것은 아니다. 자신의 마음을 잘 다스리는 사람은 좋지 않은 상황에서도 유익한 면을 본다. 반면에 자신의 마음을 다스리지 못하는 사람은 좋지 않은 일이 닥치면 비극적인 상황으로 점점 깊이 빠져든다. 낙관주의자와 비관주의자는 생각만 조금 다를 뿐이지만 낙관주의자들이 사는 세상과 비관주의자들이 사는 세상은 상상하기 어려울 만큼 서로 다른 모습을 하고 있다.

✚ **행복해지려면 현재 생활에 만족할 줄 알아야 하며 모든 것을 기쁘게 받아들일 줄도 알아야 한다.**

5장

미국

마크 트웨인

Mark Twain

———

생명의 선물, 죽음

동이 틀 무렵 선녀가 바구니를 들고 소년에게 천천히 다가
와 말했다.

"너에게 선물을 줄게. 자, 잘 생각해 보고 하나만 골라.
여기서 가치 있는 건 딱 하나 뿐이니까 잘 골라야 해."

바구니 안에는 5가지 선물이 들어 있었다. 명예, 사랑, 재
산, 쾌락, 죽음. 소년은 망설이지도 않고 말했다.

"생각하고 말고 할 것도 없네요. 전 쾌락을 고를래요."

소년은 자라 성인이 되었다. 그는 사회에 진출하고 쾌락
에 빠져버렸다. 하지만 쾌락의 순간은 너무나도 짧았다. 남
자는 인생이 너무 허무하게 느껴져 매우 실망했다.

"쾌락을 선택하는 바람에 몇 년 동안 헛살았던 거야. 다

시 고를 수만 있다면 꼭 명예를 선택할 텐데."

그의 말이 채 끝나기도 전에 선녀가 나타나 말했다.

"아직 4개의 선물이 남아 있으니 다시 한 번 기회를 줄 게. 하지만 명심해. 여기서 가치 있는 건 딱 하나 뿐이라는 걸. 시간은 쏜살같이 흘러갈 테니 지금 잘 골라야 해."

남자는 오랫동안 생각한 끝에 명예가 아닌 사랑을 선택했다. 선녀는 그런 그를 보며 눈물을 흘렸다. 하지만 남자는 전혀 눈치채지 못했다.

몇 년이 흘렀다. 남자는 혼자 빈집에 앉아 있었다. 그는 관 옆에서 울상이 되어 중얼거렸다.

"여자들은 모두 나를 버렸어. 마지막 사랑마저 이렇게 잠들어 버렸으니……. 사랑은 사기꾼 같아. 사랑하고 사랑 받을 때는 행복했지만 사랑이 끝나면 어김없이 슬픔이란 대가를 치러야 하니까 말이야. 이제 다시는 사랑 따위는 하지 않겠어."

다시 선녀가 나타나서 말했다.

"그럼 다시 골라 봐요. 세월이 많이 흘렀으니 이제 당신도 성숙해졌겠죠. 이제는 아마 현명한 선택을 할 수 있을 거라 믿어요."

남자는 한참을 망설이다가 이번에는 명예를 선택했다.

선녀는 한숨을 쉬며 그 자리를 떠나버렸다.

몇 년이 지났다. 남자는 홀로 앉아 석양을 바라보며 생각에 잠겨 있었다.

"나는 전 세계에 이름을 날렸어. 내 앞에서 모든 사람이 나를 칭찬하고 찬양했지. 하지만 명예도 한 순간이더라고. 질투와 모함 같은 것들이 늘 지긋지긋하게도 내 뒤를 따라다녔어. 결국 명예의 끝에 남은 건 연민뿐이군."

다시 선녀가 나타나서 말했다.

"아직 선물이 두 개 남아 있잖아요. 절망하지 말고 다시 골라 봐요. 당신은 운이 무척 좋은 사람이에요. 진정한 가치를 가진 선물이 아직 남아 있으니."

"그래, 돈! 돈이 곧 권력인 세상이잖아! 돈에 눈이 멀었다고 해도 좋아. 난 돈을 가질 거야. 돈을 물 쓰듯 써볼 테야. 오만방자하게 살아볼 거야. 나를 비웃던 사람들이 내 발밑에서 기어 다니게 할 거야. 그동안 남들의 질투로 허기진 내 영혼을 채워 볼 거야. 호화롭고 사치스럽게 인생을 즐겨볼 거야. 돈이면 사랑도 살 수 있고, 건강도 살 수 있고, 명예도 살 수 있어. 지금까지 그걸 모르고 엉뚱한 것들만 골랐다니, 아, 난 정말 멍청했어."

3년이 지났다. 남자는 혼자 초라한 다락방에 앉아 흐느끼고 있었다. 옷차림은 남루하고 눈은 퀭했다. 그는 초췌한 모습으로 딱딱한 빵을 씹으면서 화를 냈다.

"아, 난 정말 재수 없는 인간이야. 선물은 무슨 선물? 다 가져도 소용없는 걸. 쾌락이든 명예든 사랑이든 재산이든 다 한때의 행복일 뿐, 결국 남는 건 고통과 치욕뿐이야. 선 녀 말이 맞았어. 가치 있는 건 딱 하나 뿐이라더니 그게 뭔 지 이제야 알겠네. 아, 피곤해. 이제는 그냥 조용히 쉬고 싶 어. 피곤한 육체도 혼란스러운 영혼도 그만 잠재우고 싶어."

선녀가 다시 그의 앞에 나타났다. 하지만 선녀의 바구니 속에 그가 원하는 선물은 없었다. 선녀가 말했다.

"죽음은 갓 태어난 아이에게 줬어요. 갓난아기는 아무것 도 모르지만 내가 아기를 대신해 선택해 줬어요. 당신은 나 에게 대신 골라달라고 말한 적도 없잖아요. 죽을 권리를 놓 쳐버렸으니 이제 당신은 죽고 싶어도 죽지 못하고 평생 죽 음의 공포를 안고 늙어갈 겁니다."

✙ 시간은 쏜살같이 지나가고 인생은 강물처럼 흘러간다. 재산, 명예, 쾌락은 모두 뜬구름과 같아서 결코 영원할 수 없다. 짧은 인생을 사 는 동안 겉치레에만 신경을 쓰다 보면 인생 자체가 경박하게 된다. 생명의 본질은 물 흐르듯 자연스럽게 흘러가는 것이다. 그러므로 살

아가는 동안 우리는 기쁨도 슬픔도 고통도 모두 맛볼 수밖에 없다.
고통의 끝에서 다시 기쁨을 만날 수 있다는 믿음을 갖는 것, 그것이
즐겁게 인생을 살아가는 비결이 아닐까?

✚　　쾌락이든 명예든 사랑이든 재산이든 다 한때의 행복일 뿐이다.

월트 휘트먼
Walt Whitman

———

생명의 당부

사람에게는 누구나 다른 사람을 도울 능력이 있고, 또한 다른 사람을 망가뜨릴 힘도 있다. 그러므로 서로서로 도우면 앞으로 쭉쭉 나아갈 수 있지만 서로 헐뜯고 미워하면 뒷걸음질 칠 수밖에 없다. 태양과 서리가 적당히 조화를 이루면 비옥한 땅이 만들어지지만 서로 자신의 실력만 과시하면 땅이 말라비틀어지거나 얼어붙어 못쓰게 되는 것과 같은 이치이다. 그런데도 어떤 사람들은 자기 목소리만 높이려 들고, 다른 사람의 명예를 훼손시키면서까지 자신의 삶을 실패의 길로 몰아간다.

어떤 작가는 인생을 거미줄에 비교해 이렇게 말했다.

"남에 대한 질투나 시기, 증오심은 모두 한데 엉켜있는 거미줄을 흔드는 것과 같다. 일단 내가 남에게 나쁜 영향을 끼치면 그 해악이 거미줄을 타고 다른 사람에게로 계속 퍼져 나간다. 결국 거대한 그물이 한꺼번에 엎치락뒤치락 흔들린다. 그리고 이렇게 흔들리기 시작한 거미줄은 언제 어디서 멈출지 아무도 모른다."

　비관론자들은 인생에는 아무 희망도 없고 아무 의미도 없다고 부추긴다. 이런 사람들의 말과 행동은 다른 사람들마저 위축시킬 뿐만 아니라 자신이 불행하다고 느끼게 하여 결국 냉담해지고 괴팍해지게 만든다. 그러다보면 꿈은 환멸로 바뀌고 희망은 재로 변한다. 비관론자들은 점점 더 각박해지고 무정해져서 그들에게 어떤 희망의 선물을 주어도 그 가치를 퇴색시켜 버린다. 또한 믿음이 사라진 뒤에 남는 것은 두려움뿐이기 때문에 그들은 인생을 어떻게 살아가야 할지 막막해한다. 그래서 의기소침해지고 자괴감에 빠져 초라하게 변해간다. 게다가 그런 사람들은 자신이 매우 억울하다고 생각한다. 그래서 사람들을 붙잡고 하소연을 늘어놓는다. 하지만 결국 불만을 들어주는 사람마저도 이런 절망적인 자세에 전염되고 만다.

　매사에 긍정적이고 밝은 사람들은 다른 사람에게 힘을 북돋아줄 뿐만 아니라 격려도 아끼지 않는다. 그래서 이런 사람들과 함께 있으면 저절로 자신감과 의욕이 샘솟게 된다. 나아가 숨어 있던 잠재력까지 발휘할 수 있게 된다.

누군들 이렇게 좋은 영향력을 가진 사람이 되고 싶지 않을까? 누군들 다른 사람의 인생에 불을 지펴주는 사람이 되고 싶지 않을까? 하지만 무엇보다 중요한 것은 먼저 자기 자신을 정확하게 판단하는 것이다. 자신이 생명을 얼마나 소중하게 여기는지, 얼마나 활기차게 살아가고 있는지를 먼저 판단해야 하는 것이다.

생명을 사랑할 줄 아는 사람만이 기쁨도 다른 사람과 함께 나눌 수 있다. 그러기 위해서는 잠재의식 속에 숨어있는 열정을 밖으로 꺼내놓고 스스로 행복의 길을 찾아 나서야 한다. 그래야 다른 사람도 도울 수 있다.

자신의 생명을 소중히 여기는 만큼 다른 사람의 의지도 존중해야 함께 기쁨을 나눌 수 있다. 나와 다른 생각을 가진 사람을 이해하고 타인의 개성을 존중하며 다른 사람의 의견을 잘 듣고 다른 사람의 장점을 인정해야 한다. 그리고 다른 사람의 장점이 계속 성장할 수 있도록 도와야 한다. 즉, 내 생명뿐만 아니라 다른 사람의 생명도 잘 성장할 수 있도록 우리는 다 함께 노력해야 한다. 그리고 생명은 죽어있는 동상이 아니라 자라나는 나무처럼 계속해서 성장해야 한다는 사실을 잊어서는 안 된다.

　인생은 우여곡절의 연속이다. 하지만 지금 고달프다고 해서 미래가 없는 것은 아니다. 창창한 미래가 우리를 기다리고 있으니 앞으로 더 많은 기회가 펼쳐질 것이다. 희망이 있는 사람은 남을 비난하지 않으며 하늘을 원망하지도 않는다. 어려움 속에서도 그들은 활기차게 살아가면서 자기도 모르는 사이에 다른 사람들에게 활력을 나누어준다. 가는 정이 있으면 오는 정도 있는 법! 나누어준 사랑은 반드시 돌아오게 되어 있다. 인생도 사랑도 다 그렇다. 혼자서 클 수는 없으며, 남에게 받기 전에 내가 먼저 나누어 주어야 사랑이 더 커진다. 그리고 많이 나눠줄수록 인생은 더욱 풍부해진다.

✚　세계는 하나의 그물이다. 모든 사람들이 그 그물 안에서 살아간다. 그러므로 우리는 모두가 함께 어우러져 살아가는 사회에서 모두가 승리자가 되는 길을 찾아야 한다. 그러기 위해서는 먼저 남에게 베푸는 것이 가장 큰 보답이라는 사실을 알아야 한다. 그리고 더 많이 베풀수록 자신의 인생이 더욱 풍부해진다는 사실을 잊어서는 안 된다. 나눌수록 기쁨은 더욱 커진다. 나 혼자가 아닌 모두가 함께 기쁨을 누리는 것, 이것이 바로 생명의 당부이다.

✚ 사람에게는 누구나 다른 사람을 도울 만한 능력이 있고, 또한 다른
   사람을 망가뜨릴 힘도 있다. 그러므로 서로서로 도우면 앞으로 쭉쭉
   나아갈 수 있지만 서로 헐뜯고 미워하면 뒷걸음질 칠 수밖에 없다.

랠프 월도 에머슨

Ralph Waldo Emerson

———

생명만이 유용하다

살아있는 사람에게 필요한 것은 이미 지나간 생활이 아니라 지금 이 순간의 생명이다. 생명은 과거도 미래도 아닌 과거와 미래의 사이, 즉 현재의 시간에서만 존재한다. 또한 생명은 목표를 향해 앞으로 나아가는 순간에만 존재한다. 생명이 멈추면 우리의 존재는 흔적도 없이 사라진다. 이것은 인간의 힘으로는 어쩔 수 없는 일이고, 영혼이 만들어 놓은 불변의 진리이다. 누구든 이러한 생명의 진리를 무시하면 지금까지 쌓아온 모든 재산과 명예를 한순간에 잃게 될 것이다.

　그렇다면 생명을 위해 우리가 스스로 할 수 있는 일은 아무것도 없는 것일까? 영혼이 존재해야만 생명의 힘도 존재한다. 그러나 생명의 힘은 자신감으로 얻을 수 있는 것이 아니라, 알 수 없는 무언가가 작용해서 생기는 것이다. 그러므로 남의 도움을 받으려는 생각은 잘못된 것이며, 그랬다가는 기회만 놓칠 것이다. 왜냐하면 남의 도움이란 그저 얄팍한 말뿐인 공허이기 때문이다.

이제 냉혹한 현실로 돌아와 실제로 존재하는 생명에 의존해야 할 때이다. 다시 말해, 스스로 자기 삶의 주인이 되어야만 생명을 유지할 수 있다는 말이다. 숨 쉴 힘조차 없는 사람이라고 해도 본인 스스로 목숨을 지켜야 한다. 생명은 결코 남이 대신 살아줄 수 있는 것이 아니며 자신의 정신력으로 생명을 붙잡아야지 타인이 베푸는 친절에 기대면 안 된다.

우리는 이미 타인의 친절이 그저 겉만 화려할 뿐 실속이 없다는 사실을 알고 있다. 그러므로 스스로 현실에 대한 적응력을 키워 생명을 지키고 일을 유리하게 만들어야 한다. 스스로의 힘이 아닌 자연의 힘을 빌려 도시를 정복하고 국가를 지배하는 것은 잘못이다.

생명은 우주의 본질이다. 아무리 흉한 모습으로라도 생명은 유지되어야 한다. 겉모습은 그저 만물을 구별 짓는 기준일 뿐이다. 생명은 겉모습이 아니라 내면에 어떤 장점을 가지고 있는가에 따라 평가되어야 한다.

인간은 자신의 생명을 지키기 위해 상업, 농업, 목축업, 사냥, 전쟁 등을 벌여왔고 그 행동들은 타당성을 인정받았다. 이런 생존의 방법은 자연계에서 계속해서 이어져 내려오고 있다. 능력이 곧 자연계의 법칙이며, 정의이다. 다시 말해, 능력 있는 자가 정의의 화신이 되는 것이다. 자연계는 자신의 목숨을 지켜낼 힘이 없는 새끼들을 도태시킨다. 자신을 지킬 힘이 없는 생명은 자연계에서 살아남지 못하는 것이다.

별이 생겨나고 자라면서 균형을 유지하고 궤도를 따라 돌듯이, 강풍에 쓰러진 나무가 다시 살아나듯이, 모든 동식물은 자신의 힘으로, 영혼의 힘으로 생명을 유지한다. 그러므로 우리는 스스로 생명을 지킬 힘을 키워야 한다. 그러기 위해서는 정신력을 집중해 생명이 표류하지 않도록 부단히 노력해야 한다.

✚ 영원히 죽지 않고 생명을 유지하는 것은 자연계는 물론 인류 사회의 꿈이다. 약육강식의 경쟁법칙은 모든 생명체의 숙명이다. 별이 생겨나고 자라면서 균형을 유지하고 궤도를 따라 도는 것처럼, 태풍에 쓰러진 나무가 죽지 않고 다시 살아나는 것처럼, 모든 동식물은 자신의

힘으로, 영혼의 힘으로 생명을 유지한다. 생명은 영혼이 살아있다는 증거이며, 생명의 존재 자체가 승리를 의미한다. 생명이 존재해야만 생존 환경이 개선되고 희망이 싹틀 수 있다.

✚ 자연계는 자신의 목숨을 지켜낼 힘이 없는 새끼들을 도태시킨다. 즉 자신을 지킬 힘이 없는 생명은 자연계에서 살아남지 못한다.

오리슨 마든
Orison Swett Marden

———

성품과 개성의 힘

우리는 매우 심각한 물질만능주의 시대에 살고 있다. 그러나 아이러니하게도 물질이 풍부한 시대에 살고 있는 우리는 오히려 남루한 차림새에 수입도 거의 없는 작가나 예술가 또는 소박한 옷차림의 대학 학장들에게 더욱 주목한다. 때문에 신문에서도 그들의 행적과 활동에 기꺼이 지면을 내준다.

지식을 추구하는 자와 부를 추구하는 자가 서로 다른 영역에서 활동하기 때문에 이런 모순이 생긴 것이다. 지식을 추구하는 자는 사회에 긍정적인 영향을 끼친다. 하지만 부를 추구하는 자는 반작용을 일으킨다.

우리는 지금 돈이 기준인 세상에서 살고 있다. 돈이 기준인 세상에서 말하는 성공이란 다른 수많은 사람을 실패로 몰아넣고 쟁취한 것을 의미한다. 그러나 지식과 성품이 기준인 세상에서 말하는 성공은 사회 공헌을 뜻한다.

개성이란 그 어떤 방법으로도 감출 수 없는 자기 자신만의 표현이라 할 수 있다. 이러한 개성은 그 사람만의 가치를 결정하게 되고, 사람들은 개성이 넘치는 사람을 신뢰하게 된다. 개성이 넘치는 사람에게는 어떤 매력이 있는 걸까?

시어도어 파커는 이런 말을 자주 했다.

"국가의 입장에서 판단하는 소크라테스의 가치는 사우스캐롤라이나 같은 주(州) 하나의 가치를 능가한다."

두 번이나 영국 총리를 맡았던 정치가 존 로조는 이렇게 말했다.

"영국의 정당들은 모두 천재적인 인물의 도움을 받기를 원한다. 하지만 천재는 없으니 그들은 단지 훌륭한 성품을 가진 자의 지도를 받을 수 있다."

"성품이 훌륭하고 개성이 강해야만 진정한 힘을 얻을 수 있다."

영국의 저명한 정치가 조지 캐닝이 1801년에 한 말이다. 그는 또 이런 말도 했다.

"나는 다른 사람이 이미 지나간 길을 가지 않을 것이다.

그 길이 가장 안전하다는 사실은 알고 있지만 그 길이 가장 빠른 길은 아닐 것이라고 확신하기 때문이다."

기계 성능 검사를 할 때, 우리는 그 기계가 감당할 수 있는 최대 압력을 근거로 성능을 판단한다. 그러나 실내 온도가 기계의 성능에 영향을 미치기도 한다. 그렇다면 기계가 아닌 인간의 훌륭한 성품과 개성은 어떻게 그 내면의 힘을 측정할 수 있을까? 누가 그 힘의 가치를 예측할 수 있을까?

한두 명의 아이들에 의해서 학교 전체의 이미지가 바뀔 수 있을까? 한 학교의 전통과 이미지는 몇몇 특별한 개성을 지닌 학생들에 의해 생겨난다. 그리고 그것이 후대로 이어져 내려오면서 몇 대에 걸쳐 자리를 잡는 것이다. 마치 기관차 한 칸이 뒤에 매달린 긴 객차를 끌고 가는 것처럼 한두 명의 선구자가 인류 전체를 이끌어가는 작용을 하게 되는 것이다. 그들은 스스로 자신을 보잘것없다고 겸손하게 말하지만, 사실은 그 보잘것없어 보이는 개성이 학교 전체의 전통을 세우고 개선시킨 것이다. 다시 말해 그 보잘 것 없는 개성의 주인공이 바로 학교의 영웅인 것이다. 이렇게 전염성이 매우 강한 성품을 가진 학생은 학교 발전에 크게 공헌하든가 아니면 학교의 발전을 파괴하는 인물들이다.

✚ 성품이 훌륭하고 개성이 강해야 진정한 힘을 얻을 수 있다. 개인의 성품과 개성은 한 시대의 양심이다. 훌륭한 성품을 가진 사람은 우리 사회의 재산이다. 시어도어 파커의 말처럼 소크라테스 같은 인물은 드넓은 영토보다도 훨씬 가치가 있는 것이다.

훌륭한 성품을 가진 사람들의 성공은 그 자체가 바로 사회 공헌이다. 윈스턴 처칠도 일찍이 이렇게 말한 적이 있다.

"나는 영국의 전 영토, 웨일스, 스코틀랜드보다 소크라테스를 원한다."

✚ 개성이란 그 어떤 방법으로도 감출 수 없는 자기 자신만의 표현이라 할 수 있다. 이러한 개성은 그 사람만의 가치를 결정하게 되고, 사람들은 개성이 넘치는 사람을 신뢰하게 된다.

데일 카네기
Dale Carnegie

———

타인의 힘을 빌리다

스스로 직접 경험해 보고 얻게 된 생각과 다른 사람이 추천해 주는 방법 가운데 어느 것이 더 효과적일까? 다른 사람에게 자신의 견해를 강요하는 것은 좋지 않다. 그저 넌지시 암시하거나 의견을 제시하는 정도에서 끝내는 것이 훨씬 낫다. 보통은 당사자가 직접 결론을 내릴 수 있도록 하는 것이 가장 효과적이다.

　　필라델피아에 사는 아돌프 사장은 긴급회의를 열었다. 회사 실적도 오르지 않고 직원들 사기도 점점 떨어지고 있었기 때문이다. 그는 직원들의 솔직한 생각을 경청하며 하나하나 빠짐없이 기록했다. 그리고 직원들에게 이렇게 말했다.

"될 수 있는 한 여러분의 요구를 모두 수용하겠습니다. 그런데 내가 여러분의 요구를 들어준 다음에 여러분은 나에게 어떻게 보답하시겠습니까?"

직원들은 모두 적극적으로 대답했다. 어떤 직원은 좀 더 의욕적으로 일을 추진하겠다고 했다. 어떤 직원은 각자 맡은 임무를 책임지고 성실하게 일하겠다고 했다. 또 어떤 직원은 공동체 의식을 가져야 한다고 말했으며, 업무 성과를 높이는 것을 목표로 삼아 더 열심히 노력하겠다고 말하는 직원도 있었다. 심지어 어떤 직원은 매일 14시간씩 일을 하자고도 했다. 놀랍게도 회의가 끝나고 난 다음부터 직원들의 사기가 확 올라갔나 싶더니 회사 매출도 금세 놀랄 만큼 증가했다.

이런 성공은 아돌프 사장과 직원들 사이에 암묵적인 약속이 성립되었기 때문에 가능한 것이었다. 내가 먼저 신의를 지키고 약속을 지키면 상대방도 온 힘과 마음을 다해 노력하게 된다. 아돌프 사장은 지금도 여전히 참을성 있게 직원들의 요구에 기꺼이 귀를 기울이고 있다.

지배 받고 억압 받는 것을 좋아하는 사람은 아무도 없다. 어느 누구나 자기 스스로 모든 일을 할 수 있기를 바라고, 자기가 하는 일에 대해서만큼은 자신이 주도권을 장악하기를 바란다. 또한 자신의 생각이 존중받기를 바라고, 자신의 의견이 받아들여지기를 바란다.

뉴브루위크에 사는 누군가도 이런 방법으로 영업을 하고 있다. 그래서 나도 기꺼이 그의 집에 머물 수 있었다. 당시 상황은 이랬다. 나는 휴가 기간 동안 뉴브루위크에서 며칠간 머물기 위해 여행 관련 자료를 얻으려고 현지에 있는 여행사에 편지를 썼다. 며칠 되지 않아 여행 자료가 도착했다. 나는 보고 또 보고, 고르고 또 골랐지만 어디에서 숙박하는 것이 좋을지 결정하지 못하고 있었다. 그러다가 한 숙박업소의 자료를 보게 되었는데, 거기에는 일반적인 자료뿐만 아니라 그곳을 이용했던 손님들의 주소록이 함께 들어 있었다. 그리고 직접 그 손님들에게 물어보고 선택하라는 안내문이 첨부되어 있었다. 그만큼 손님들의 평가에 자신 있다는 뜻으로 느껴졌는데, 우연히도 그 주소록에는 내 친구의 이름도 있었다. 나는 바로 친구에게 전화를 걸었고 결국 그 집을 예약했다.

냉혹한 경쟁사회에서 승리하는 사람은 따로 있다. 손님의 구매 욕구를 불러일으킬 수만 있다면 생각보다 쉽게 경쟁에서 이길 수 있다. 다른 사람의 생각을 바꾸고 싶다면 먼저 그 사람의 신임을 얻을 방법을 찾아보아야 한다. 새로운 아이디어는 각자의 경험에서 우러나오는 것이지 결코 남에게서 강제로 빼앗을 수 있는 것이 아니다.

✚ 자신의 의견이 존중 받기를 바라는 것은 당연하고도 자연스러운 마음이다. 그리고 다른 사람이 내 의견에 동의했다는 것은 그가 나에게 호감을 느끼고 있다는 중요한 증거이다. 장미꽃에게 빨리 피어나라고 강요한다고 빨리 필까? 물론 아니다. 때가 될 때까지 기다려야 장미를 볼 수 있는 것이다. 경쟁 상대를 누르려고 애쓰는 것보다 그와 힘을 합쳐 일을 도모하는 것이 더 좋은 결과를 가져온다. 그러기 위해서는 상대방의 입장에서 문제를 생각해 보고 상대방의 마음의 소리를 들어야 한다. 그러다 보면 상대방도 마음의 문을 열고 진심으로 서로 소통하며 힘을 모을 수 있게 된다.

✚ 지배 받고 억압 받는 것을 좋아하는 사람은 아무도 없다. 어느 누구나 자기 스스로 모든 일을 할 수 있기를 바라고, 자기가 하는 일에 대해서만큼은 자신이 주도권을 장악하기를 바란다. 또한 자신의 생각이 존중받기를 바라고, 자신의 의견이 받아들여지기를 바란다.

6장

레바논

칼릴 지브란

Kahlil Gibran

———

아이들

당신의 아이는 결코 당신의 아이가 아닙니다.

아이들은 독립적인 생명체입니다.

아이들은 부모의 몸을 빌려 태어났지만

결코 부모에게서 나온 것이 아닙니다.

아이들은 부모와 함께 생활하지만

결코 부모에게 귀속된 존재가 아닙니다.

부모는 아이에게 사랑을 줄 수 있지만

자신의 생각을 아이에게 강요할 수는 없습니다.

아이들에게도 자신만의 생각이 있으니까요.

부모는 아이의 육체를 돌봐줄 수 있지만

아이의 영혼을 돌봐줄 수는 없습니다.

그들의 영혼은 미래에 있으니까요.

부모는 꿈에서조차 아이들의 영혼을 볼 수 없으니까요.

부모는 아이들이 자신을 닮길 원하더라도 그것을 강요해서는 안 됩니다.

생명은 진화를 거스를 수 없으니까요.

미래의 아이들이 어제의 모습으로 머물러 있을 수는 없으니까요.

부모가 활이라면 아이들은 그 활에서 발사된 살아있는 화살입니다.

명사수는 끝없이 먼 길에서도 목표를 향해 정확히 발사합니다.

정신력으로 굽은 활을 팽팽하게 당깁니다.

화살은 빠른 속도로 멀리 날아갑니다.

화살은 명사수의 손에서 기꺼이 팽팽하게 날아갑니다.

신은 날아가는 화살인 아이를 사랑하듯

고정된 활인 부모도 사랑합니다.

✚   아이들의 머리를 때리면서 말하지 마라. 희망도 책임도 모두 당신 자신에게서 찾아라. 왜 자신의 희망을 아이들에게서 실현하려 하는가? 아이들도 자기만의 세계가 있고 해야 할 일이 있다.

✚ 부모가 자식을 낳아 준 은혜를 보상받고 싶어 하고, 자식을 자기의
   부속품처럼 대하는 것은 아이에게도, 부모 자신에게도 비극이다.

당신과 나의 차이점

내 마음은 나에게 명예와 품격을 추구하라고 합니다.

내 마음은 나에게 출세에 집착하지 말라고 합니다.

출세에 대한 욕망을 천국의 해안에 있는 모래알처럼 흩뿌려버리라고 합니다.

내 마음은 나에게 오만과 우월감을 던져버리라고 합니다.

내 마음은 평화에 대한 열정과 독립심을 가슴에 품습니다.

당신의 마음은 당신에게 꿈을 꾸라고 합니다.

진주로 장식한 향나무 가구와 비단으로 짠 침대를 꿈꾸라고 합니다.

내 마음은 내 귓가에 대고 속삭입니다.

머리를 기댈 곳이 없어도 몸과 정신만은 깨끗하게 가꾸라고 합니다.

당신의 마음은 당신에게 명예와 지위를 위해 기도하라고 합니다.

내 마음은 나에게 타인을 위해 봉사하라고 가르칩니다.

당신에게는 당신의 생각이 있고, 나에게는 나만의 생각이 있습니다.

이것이 당신과 나의 차이점입니다.

당신의 생각은 사회과학이고 종교사전이며 정치사전입니다.

나의 생각은 그저 간단한 도리일 뿐입니다.

당신의 생각은 예쁜 여자와 못생긴 여자, 착한 여자와 몸 파는 여자, 배운 여자와 무식한 여자를 구분합니다.

내 생각에는 모든 여자가 누군가의 어머니이고 누이동생이고 딸일 뿐입니다.

당신 생각은 도둑과 죄인과 살인범을 사람으로 여기지 않습니다.

내 생각은 도둑은 그저 물건을 훔치려고 한 사람이고, 죄인은 폭군의 후대이며, 살인범 역시 살인하지 않은 사람과 똑같은 사람이라고 말합니다.

당신의 생각은 법률, 법정, 심판, 징벌 등을 설명합니다.

내 생각은 인간이 법률을 제정했을 당시 상황을 설명합니다.

나는 일부러 법을 위반할 생각도 없고, 그렇다고 악법을 억지로 지킬 생각도 없습니다.

다만 누구나 법 앞에 평등해야 한다는 원칙을 고수할 뿐입니다.

당신의 마음은 예술가나 지식인, 철학자, 교수처럼 재능

있는 사람들에게만 관심을 둡니다.

내 마음은 애정, 진실함, 성실함, 솔직함, 인자함, 희생 등에 귀를 기울입니다.

당신의 마음은 부자와 가난뱅이, 거지를 구분합니다.

내 마음에 부자의 자리는 없습니다. 사람들은 대부분 마음이 가난한 거지입니다.

진정한 자선가는 존재하지 않으며, 그저 남에게 보이려는 위선만 가득할 뿐입니다.

당신에게는 당신의 생각이 있고, 나에게는 나만의 생각이 있습니다.

이것이 당신과 나의 차이점입니다.

✚   아무리 돈이 많다고 해도 마음이 가난한 사람을 부자라고 부를 수는 없다. 아무리 가진 게 없다고 해도 마음이 부자인 사람을 가난뱅이라고 부를 수도 없다. 인격을 결정하는 것은 돈이 아니라 마음이기 때문이다.

✚   마음은 양날의 칼이다. 사람을 도울 수도 있고, 사람을 해칠 수도 있다. 심지어 자기 자신을 해칠 수도 있다. 마음 씀씀이에 따라 사람의 인격은 달라진다. 그리고 그 인격에 다라 그 사람의 존엄성이 결정되는 것이다.

선과 악

당신이 당신 자신과 하나가 되면 그것은 선입니다.

그러나 당신이 당신 자신과 하나가 되지 못했다고 해서 그것이 악인 것은 아닙니다.

안뜰이 집과 떨어져 있다고 해서 도둑의 소굴은 아닌 것처럼 말입니다.

배가 방향을 잃으면 산호섬 사이에서 표류하고 맙니다.

그러나 그렇다고 해서 바다 속으로 잠긴 것은 아닙니다.

당신이 노력해서 자신을 희생하면 그것은 선입니다.

그러나 당신이 자신의 이익을 생각한다고 해서 그것이 악인 것은 아닙니다.

당신이 자신의 이익을 생각한다는 것은 다른 사람에게 해를 끼치는 것이 아니라

그저 자연의 품에서 자신의 이익을 취하려는 것이기 때문입니다.

열매는 나무뿌리에게 강요하지 않습니다.

"너는 나를 닮아야 해. 무럭무럭 잘 자라야 해. 나를 위해 너의 일부분을 희생해야 해."라고 말하지 않습니다.

열매가 희생을 감수하는 것은 나무뿌리가 물을 빨아들

이는 것처럼 필연적인 것입니다.

당신이 정신을 똑바로 차리고 말을 하면 그것은 선입니다.

그러나 당신이 꿈을 꾸며 무의식중에 말을 한다고 해서 그것이 악인 것은 아닙니다.

설령 잘못된 말이라고 해도 혀가 굳어버리지 않도록 하는 데에는 도움이 될 것입니다.

당신이 용감하게 목표를 향해 나아가는 것은 선입니다.

그러나 당신이 넘어져 있다고 해서 그것이 악인 것은 아닙니다.

절름발이조차도 거꾸로 가지는 않습니다.

그러나 용감하고 신속하게 앞을 향해 나아가는 사람을 본보기로 삼아야 합니다.

당신이 스스로 인(仁)을 행하면 그것은 선입니다.

그러나 당신이 선하지 않다고 해서 그것이 악인 것은 아닙니다.

당신이 지금 선하지 않은 이유는 잠깐 놀음에 빠져 원래 자리로 돌아가는 것을 잊었기 때문입니다.

안타깝게도 사슴은 자라에게 빨리 달리는 법을 가르쳐 줄 수 없습니다.

우리는 각자 스스로 모든 것을 책임지고 배워야만 합니다.

당신이 더 나은 자신이 되기를 바란다면 이미 선이 당신의 마음을 차지한 것입니다.

이런 바람은 사람들 모두의 마음속에 있습니다.

그러나 어떤 사람들은 이런 바람을 큰 바다를 향해 달리는 것이라고 말합니다.

들판의 신비함과 산림의 노래를 몰래 감춘 것이라고 말합니다.

어떤 이는 구불구불한 길에서 방향을 잃은 시냇물처럼 바다로 들어가는 길 앞에서 한참을 머뭇거립니다.

그러나 욕심 많은 사람이 욕심 없는 사람에게 "넌 왜 그렇게 둔하니?"라고 말하면 안 됩니다.

진짜 선한 사람은 헐벗은 사람에게 "네 옷은 어디 있니?"라고 묻지 않습니다.

집이 없는 사람에게 "너희 집은 어떠니?"라고 묻지 않습니다.

✚ 선과 악은 상대적인 개념이다. 절대 선도 절대 악도 없다. 우주 만물은 모두 '사물은 최고조에 이르면 반대 방향으로 발전한다.'는 규칙

을 따른다. 누군가의 생각과 행동이 타인에게 이익을 가져오는지, 손해를 끼치는지에 따라서 선과 악이 결정되는 것이다. 그러므로 진정한 선은 우리 사회의 성장을 촉진하며, 진정으로 선한 사람은 다른 사람에게 어떤 결과를 가져올지 미리 생각해 보고 행동한다.

✚ 당신이 더 나은 자신이 되기를 바란다면 이미 선이 당신의 마음을 차지한 것입니다. 이런 바람은 사람들 모두의 마음속에 있습니다.

우정을 이야기하다

한 청년이 물었다.

"우정을 나누려면 어떻게 해야 하나요?"

그가 대답했다.

당신의 친구는 당신의 태도에 따라 달라진다.

친구는 사랑을 심고 감사를 거두어들이는 밭이다.

친구는 당신의 양식이며 부엌 같은 존재이다.

당신이 굶주림에 시달릴 때 그를 찾아가 배를 채우고 마음의 안식도 얻을 수 있기 때문이다.

친구가 당신에게 마음속에 담아둔 이야기를 꺼내면 망설이지 말고 소신껏 대답하라. 마음속에 딴 생각을 품고 듣기 좋은 소리만 늘어놓으면 안 된다.

친구가 침묵할 때에도 당신은 친구의 마음의 소리에 귀를 기울여야 한다. 우정은 말로써 이해하는 것이 아니기 때문이다. 또한 모든 생각과 모든 희망은 아무 말 없이도 얼마든지 함께 나눌 수 있는 것이기 때문이다.

친구와 이별하게 되더라도 너무 상심하지 마라. 등산가가 평지에서 산 정상을 바라보더라도 정확하게 산을 파악할 수 있는 것처럼, 친구가 멀리 떨어져 있어도 당신은 이미 친구의 사랑스러운 점들을 잘 알고 있지 않은가?

우정은 마음이 깊어지기를 바라는 것 말고는 별다른 목적이 없다.

우정은 자신의 신비한 사랑을 찾아내는 것이다. 물론 사랑을 찾기 위해 던진 그물에 여러 가지 무익한 것들이 함께 올라올 수도 있다. 그러나 그물을 던진 목적은 순수한 우정을 찾기 위한 것이라는 사실을 잊지 마라.

당신이 가진 가장 귀한 것들을 친구에게 주어라.

친구라면 서로의 장점은 물론, 단점까지도 모두 알아야 한다.

단지 시간을 때우기 위해 만나는 사이라면 어떻게 친구라고 할 수 있겠는가?

당신이 성장하고 있는 그 순간에 친구를 찾아야 한다.

친구가 당신에게 기꺼이 시간을 내주는 것은 당신의 공허한 시간을 채워주기 위한 것이 아니라 자신을 필요로 하는 당신의 욕구를 만족시켜주기 위한 희생이다.

우정의 따사로움 속에는 친구와 함께하는 웃음과 기쁨이 있어야 한다.

사람은 진정한 우정을 찾아야 더욱 활기차게 살아갈 수 있다.

✚ 애정은 침실 속의 달빛이고, 우정은 대지 위의 햇빛이다. 우정이 없는 인생은 수분도 영양분도 공급 받지 못한 벼와 같다. 그러므로 자기 자신을 사랑하는 것처럼 친구를 아끼고 사랑해야 한다.

우정을 귀하게 여기지 않는 사람은 인생을 이해하지도 못한다. 복잡하고 피곤한 인생살이 속에서도 친구들과 함께라면 당신의 인생은 한곳으로 치우치지 않고 안정을 찾게 될 것이다. 우정은 우리의 삶을 더욱 풍요롭고 찬란하게 만든다.

✚ 우정은 말로써 이해하는 것이 아니다. 모든 생각과 모든 희망은 아무 말 없이도 얼마든지 함께 나눌 수 있는 것이기 때문이다.

사랑을 따르다

그는 고개를 들어 사람들을 보았다. 그는 순간 조용해졌다
가 큰 목소리로 말했다.

사랑이 너희를 부를 때, 주저하지 말고 그를 따르라.

비록 그 길이 고달프고 험난할지라도 사랑을 따르라.

그의 날개가 너희를 감싸면 그에게 굴복하라.

비록 날개 속에 감춘 칼날이 너희를 다치게 하더라도 사
랑에 굴복하라.

그가 너희에게 말을 걸면 그를 믿고 따르라.

비록 그의 목소리가 너희의 잠을 깨울지라도 사랑을 믿
어라.

사랑은 너를 어른으로 만들어주지만 동시에 너의 희생
을 요구한다.

사랑은 너를 심고 가꾸어주지만 다 자란 다음에는 너를
베어버릴 것이다.

사랑은 너의 머리끝까지 올라가 흔들리는 가지와 잎을
보살피며 안타까워한다.

사랑은 너의 바닥까지 내려와 뿌리를 흔들어 흙으로 돌

아가게 한다.

사랑은 너를 볏단처럼 묶어 놓는다.

사랑은 너를 빻고 체로 걸러 허물을 벗기고 새하얗게 만든다.

사랑은 너를 문질러 부드럽고 강하게 만든다.

사랑은 네 마음속 비밀을 깨닫게 해준다. 그 깨달음을 통해 너의 생명은 더욱 견고해진다.

의심을 품고서 사랑의 평화와 안락을 찾는 것은 불가능하다.

계절이 없는 세상에서, 변화가 없는 세상에서 짓는 웃음은 진정한 기쁨의 웃음이 아니다.

그런 세상에서는 오히려 영원히 마르지 않는 눈물만을 흘리게 될 것이다.

사랑은 사랑 이외에는 그 어떤 것도 베풀지 않으며, 사랑 이외에는 아무 것도 받아들이지 않는다. 왜냐하면 사랑은 사랑 그 자체로 만족하기 때문이다.

사랑할 때, 내 마음속에 하늘이 있다고 말하지 말고, 하늘의 마음속에 내가 있다고 말하라. 그렇게 내가 중심이 아닌 사랑, 상대를 더 먼저 생각하고 배려하는 사랑을 하라.

네가 사랑의 여정을 이끌어 나갈 수 있다고 생각하지 마

라. 사랑이 너를 선택하면 그가 너를 이끌어 나갈 것이다.

✚ 사랑은 그저 사랑 그 자체로 충분하고, 그 자체로 완전한 것이다. 사랑은 그저 완벽한 사랑을 하는 것 이외에 다른 욕망이 없다. 만약 사랑을 하면서 뭔가를 원한다면 아래의 일들을 해보아라.

사랑을 위해 기꺼이 피를 흘려라

새벽에 깨어 기쁜 마음으로 사랑할 수 있는 하루가 시작된 것에 감사하라.

사랑이 계속 깊어져 기쁨이 되기를 기원하라.

해가 지면 감사한 마음으로 집으로 돌아가라.

잠들기 전에 감사의 기도를 올려라.

사랑하는 사람이 네 마음속에 있고, 네 입술에 사랑의 노래가 흐르는 것에 감사하라.

✚ 사랑은 사랑 이외에는 그 어떤 것도 베풀지 않으며, 사랑 이외에는 아무 것도 받아들이지 않는다. 왜냐하면 사랑은 사랑 그 자체로 만족하기 때문이다.

기쁨과 슬픔

슬픔에 가면을 씌운다고 해서 그것이 기쁨으로 둔갑하지는 않는다.

웃음은 기쁨의 우물에서 솟아나온 물인데, 이 웃음의 우물에는 다시 눈물이 가득 채워진다. 웃음과 눈물은 모두 같은 곳에서 샘솟기 때문이다. 그러므로 가슴속에 슬픔을 깊이 새길수록 기쁨을 더 빨리 많이 만끽할 수 있게 된다. 지금 가득 채운 기쁨의 술잔도 원래는 뜨거운 가마 속에서 슬픔을 견디며 구워진 것이며, 지금 당신을 기쁘게 하는 비파 역시 칼로 속을 도려내는 슬픔을 거쳐 만들어진 것이다.

기쁨의 순간에 자신의 마음속 깊은 곳을 잘 살펴보아라. 그곳에 자리 잡은 것은 원래 당신을 슬프게 만들었던 것들이었다. 기쁨의 순간에 다시 한 번 자신의 마음속 깊은 곳을 잘 살펴보아라. 지금은 기쁨으로 바뀐 그것이 원래는 당신의 눈물이었다. 어떤 이는 기쁨이 슬픔보다 크다고 말하고, 어떤 이는 슬픔이 기쁨보다 더 크다고 말한다. 그러나 기쁨과 슬픔은 서로 연결되어 있는 것이므로 결코 따로 나눌 수 없다.

혼자 밥을 먹을 때, 잠을 잘 때에 기쁨과 슬픔 중에 어느 것이 당신 곁에 있는가? 아시아와 아메리카 대륙 사이에 있는 태평양처럼 우리는 언제나 슬픔과 기쁨의 사이에 놓여 있다. 보석의 무게를 달 때도 저울추가 위아래로 움직이는 것처럼 기쁨과 슬픔이 그렇게 올라갔다 내려갔다를 계속해서 반복된다.

✚　기쁨의 순간에는 마음껏 웃고, 슬픔을 만나면 실컷 울어라.
　　기쁨이 가면 슬픔이 오고, 슬픔이 지나면 또다시 기쁨이 샘솟는다.
　　기쁨의 순간은 기억에 오래도록 남지 않지만, 슬픔의 순간은 사람들의 머릿속에 영원히 새겨진다.
　　기쁨은 다른 사람과 함께 나누고, 슬픔은 혼자서 감당해야 한다. 그러므로 기쁨을 함께 나눌 사람이 없는 것보다 더 큰 슬픔은 없을 것이다.

✚　**슬픔에 가면을 씌운다고 해서 그것이 기쁨으로 둔갑하지는 않는다.**

7장

인도

라빈드라나트 타고르

Rabindranath Tagore

어린아이는 천사다

어린아이의 환심을 살 수 있다면 나는 지금 당장 죽어도 여한이 없다.

어린아이들이 우리 곁을 떠날 수 없는 데에는 확실한 이유가 있다.

어린아이는 엄마 얼굴을 잠깐만 못 보아도 금방 엄마 품에 안기는 것을 종종 볼 수 있다.

의외로 아이들은 쓸모 있는 단어를 많이 알고 있다.

다만 어른들이 그 말의 의미를 잘 이해하지 못하고 있을 뿐이다.

어린아이들이 말을 길게 하지 않는 것 역시 확실한 이유가 있다.

어린아이들은 엄마의 입에서 나온 말을 배우고 그에 따라 행동한다.

그래서 아이들이 천진난만한 것이다.

어린아이들은 대단한 보배지만 차림새는 대단치 않다.

어린아이들이 이렇게 보이는 데에는 나름의 이유가 있다.

사랑스런 알몸의 귀여운 아이,

어린아이들은 엄마의 사랑을 받고자 자신의 알몸을 보인다.

어린아이들은 초승달이 떠 있는 평화로운 세상에서 아무 근심 걱정 없이 살아간다.

어린아이들이 자유를 포기하는 데에도 나름의 이유가 있다.

어린아이들은 엄마의 마음 한구석에서 늘 즐거움을 찾는다.

엄마의 품에 안겨 있는 달콤함은 그 어떤 자유보다도 소중하다.

어린아이들은 원래 울지 않는다.

그래서 어린아이들이 있는 곳은 울음소리가 나지 않는 지상 낙원이다.

그런데도 어린아이들이 눈물을 흘린다면 그때는 분명히

그만한 이유가 있는 것이다.

어린아이들은 사랑스런 미소로 엄마의 마음을 움직인다.

어린아이들의 울음 역시 미소와 똑같은 작용을 한다.

하지만 울음은 사랑뿐만 아니라 연민까지 불러일으킨다.

✚   어린아이들은 인간 세상에 떨어진 작은 천사라는 말이 있다. 아이들
의 세상은 천국과도 같다. 아이들이 세상을 어떻게 바라보는지 관찰
해 보라. 저절로 생명의 숭고함이 느껴질 것이다. 아이들은 삭막한
세상의 등불이고, 신과 인간을 연결해주는 매개체이다.

✚   어린아이들은 사랑스런 미소로 엄마의 마음을 움직인다. 어린아이
들의 울음 역시 미소와 똑같은 작용을 한다. 하지만 울음은 사랑뿐
만 아니라 연민까지 불러일으킨다.

빈부 차이

부자는 자신의 재물을 믿고 허세를 부린다. 부자의 집은 대 궐만큼 크다. 부자는 집안을 비싼 가구들로 가득 채우고, 정 원을 아주 넓게 꾸며 커다란 꽃밭을 만들어 놓는다. 부자가 장사를 하는 곳에는 물건이 가득 쌓여 있다. 그는 물건을 보 관할 공간을 다 확보하지 못할 정도로 많은 물건을 갖고 있 다. 하지만 그는 자린고비이다. 아무리 돈이 많다고 해도 일 하는 곳에서만큼은 가난뱅이처럼 인색하게 군다.

하지만 집에서는 다르다. 그는 집의 크기에만 관심을 둔 다. 그들에게 실용성은 중요한 문제가 아니다. 그들은 그저 겉치레에만 신경을 쓴다. 부자의 재산은 모두 집안에 있다. 그는 시간도 공간도 가치 있게 쓸 줄 모른다. 부자는 그저 넘쳐나는 돈으로 휴식을 살 뿐이다. 얼마나 많은 시간과 땅 을 소유했는지가 부를 확인하는 수단이다. 그래서 부자들 은 자신의 부를 과시하려고 농사철에도 경작을 하지 않고 빈 공간으로 땅을 놀리기도 한다. 하지만 가장 가치 있는 공 간은 눈에 보이는 땅이 아니라 마음의 땅이다. 그 땅에서는 올바른 생각이 자라는 것은 물론이고, 다른 사람에 대한 배 려와 걱정도 함께 자란다.

한편, 가난한 사람들은 이것저것 걱정이 많아 담쟁이덩 굴이 무덤을 에워싼 것처럼 자신의 마음을 옭아매기 쉽다. 즉, 가난 때문에 고통 받는 사람들은 마음의 문을 걸어 잠그 는 것으로 정신의 건강마저 해치게 되는 것이다. 광활한 들 판처럼 마음을 열어라! 그렇게 마음이 탁 트여 있는 상태라 야 정신은 편안하게 쉴 수 있고 건강을 유지할 수 있기 때문 이다.

부자가 차지하지 못한 마음속 공간은 호화로운 생활과 는 다른 것이다. 마음속에 쉴 공간이 없다는 것은 깊은 생각 을 할 수 없다는 것을 뜻한다. 그리고 이런 마음은 빛을 잃 은 등불처럼 진리도 도리도 없는 어두운 공간으로 변해버 린다. 게다가 어두워지고 얄팍해진 마음은 사물을 왜곡되 게 바라보게 되고, 쉽게 두려움을 느끼며 결국 대인관계의 폭이 점점 좁아지게 된다.

지혜는 깨끗하고 상쾌한 마음속에서 샘솟는다. 그리고 이러한 지혜가 진리로 이어지는 것이다. 진리는 결코 격언 상자 안에만 존재하는 죽은 이념이 아니다. 깨끗한 마음에 서 우러난 진리는 자유이고 힘이다.

견디기 어려운 고통은 우리에게 지혜를 가르친다. 나아 가 이 고통은 분만의 진통처럼 커다란 보람을 가져다준다.

이런 고통을 겪고 나면 마음의 평수가 넓어져서 나쁜 습관에서 벗어나 현실의 벽을 뛰어넘을 수 있는 용기가 생긴다. 지혜는 어린아이와 같은 특징을 갖고 있다. 지식과 감정이 쌓이면서 점점 완벽해지는 것이다.

✚ 빈부 차이를 이야기할 때면 사람들은 대부분 돈에만 초점을 맞춘다. 하지만 진짜 부자는 생각이 깊고 자유로우며, 마음이 넓은 사람이다. 재산이 많은 사람들 가운데에는 남을 배려할 줄 모르고 오직 자기 자신만을 챙기느라 마음의 공간이 좁고 자유롭지 못한 사람이 많다. 그런 사람들은 결국 돈의 지배를 받게 된다. 돈에서 자유롭지 못한 사람은 결국 돈의 노예로 전락하게 되는 것이다. 과연 이런 사람을 부자라고 말할 수 있을까?

✚ 빈부 차이는 돈이 많고 적음에 있는 것이 아니라 마음이 넓고 좁음에 있다. 아무리 돈이 많다한들 마음의 여유가 없는 사람을 부자라고 할 수 있을까? 비록 가난하지만 마음의 여유가 넘치는 사람을 가난뱅이라고 할 수 있을까?